藤原為家

Fujiwara Tameie

佐藤恒雄

JN313289

コレクション日本歌人選052
Collected Works of Japanese Poets

笠間書院

『藤原為家』——目次

凡例

一、本書には、鎌倉時代の歌人藤原為家の歌四十五首を載せた。

一、本書は、藤原為家の生涯の秀歌鑑賞を特色とし、その周辺のことがらの解説に重点をおいた。

一、本書は、次の項目からなる。「作品本文」「出典」「口語訳（大意）」「鑑賞」「脚注」・「略伝」「略年譜」「筆者解説」「読書案内」「付録エッセイ」。

一、作品本文と歌番号は、『中院詠草』は、新日本古典文学大系46『中世和歌集　鎌倉篇』に拠り、その他は主として『新編国歌大観』に拠り、適宜漢字をあてて読みやすくした。

一、鑑賞は、基本的には一首につき見開き二ページを当てたが、重要な作には特に四ページを当てたものがある。

藤原為家

01

あさみどり霞《かすみ》の衣《ころも》いつのまに春来《き》にけりと今朝《けさ》はたつらむ

【出典】中院詠草・一、続古今集・春上・五

新春の今朝、浅緑色の衣のように空一面を覆《おお》っているあの霞は、いったいいつの間に、春が来たよと知らせ顔をして、空に立ち始めたのだろうか。

この歌は、為家が生涯の詠草《えいそう》の中から、自讃《じさん》に値する秀逸《しゅういつ》のみを選んで編纂《へんさん》した『*中院詠草《ちゅういんえいそう》』の巻頭に置いた一首である。「初春の霞」という題で、「嘉禎《かてい》元年」（一二三五）という注記があるから、為家三十八歳の時の詠作だということが分かる。油がのった時代の歌だ。彼は、三年前から右衛門督《うえもんのかみ》の任にあり、この年正月二十三日に念願の従《じゅ》二位に叙されている。そうした思い出もあって、この歌を巻頭に置いたのであろう。

【語釈】○あさみどり―薄緑というより藍色に近い色。○霞の衣―霞を春の女神である佐保姫《さほひめ》が着る衣に見立てた歌語。

*中院詠草―為家六十七歳の文永元年（一二六四）中に編んだ為家の自撰家集で、一六

この歌は、三・四句目の「いつのまに春来にけりと」がポイントで、新春の朝、空にかかった霞に対して、お前はいったいいつの間にやって来たのかと、驚いたような気配を示して、その実、春の到来《とうらい》を喜びの中に歌ったもの。

このように、立春の頃になると必ず立つ霞は、春の到来を空から告げる景物として、喜びをもって歌われるのが常であった。また、霞を春に擬人化《ぎじんか》した*佐保姫《さほひめ》が着る衣に見立てるのも、慣用的な表現であった。

初《しょ》・二句《にく》の「浅緑」を霞に連続させる手法は、院政期《いんせいき》に現われ、浅緑が霞の色そのものでもあったところから、「*浅緑霞の衣春はきぬ裾野《すその》の若菜《わかな》いまや摘《つ》ままし」「*浅緑霞みにけりな石《いそ》の上布留野《かみふるの》に見えし三輪《みわ》の神杉」のように、新古今時代以後の歌人たちに特に愛用された表現でもある。

為家の右の一首も、そうした当たり前に近い表現を使い、これといったひねりを利《き》かせたものではないが、全体として、春の到来を驚きとともに迎える喜びを静かに歌い収めたものになっていて、いかにも為家らしい。父親の定家《さだいえ》が切り開いた新古今風の、華やかではあるが離れ業《わざ》に近い幻想的な歌風を、為家は、後世、二条家歌風として通行した、一見平明と見えるこうした歌に置き換えて継承しようと努力したのである。

七首を収める。文永二年中に撰定を完了する続《しょく》古今集の撰定用資料として、秀歌のみを選んだもの。

*佐保姫―春の女神。秋の女神龍田姫に対する。次項を参照。

*浅緑霞の衣…―続古今集・春上・二一・衣笠家良《きぬがさいえよし》。

*浅緑霞みにけりな…―続古今集・春上・三九・藤原隆信《たかのぶ》。

02

佐保姫《さほひめ》の名に負《お》ふ山も春来ればかけて霞《かすみ》の衣《ころも》ほすらし

【出典】中院詠草・四、為家卿集・二八六、続拾遺集・春上・三〇

春の女神《めがみ》佐保姫の名を持つ佐保山にも、春が来ると、あたかも夏が来ると白い衣を干《ほ》すあの香具山《かぐやま》のように白い霞を棚引《たなび》かせ、佐保姫の着る衣をかけて干しているらしいよ。

前の歌と同じく『中院詠草』に見える一首。題は「霞」。「暦仁《りやくにん》元年（一二三八）興福寺権《ごんの》別当法印円経《えんきよう》勧進春日社十首」と注記がある。円経は、*常盤三寂《ときわさんじやく》の一人為業《ためなり》（寂念）の孫にあたる僧で、後に、僧正、興福寺別当となった人物。この一族には興福寺関係の僧たちが多く、為家がどういう縁でこの円経の勧進《かんじん》「春日社十首」に応じたのかは不明だが、この時詠《よ》んだ為家の十首のうち七首の歌を集めることができる。為家、四十一歳の歌。

【語釈】○かけて―衣の縁語「架けて」に、「心にかけていつも」という意味を利かせている。

＊常盤三寂―丹後守為忠の子で、洛北大原の常盤に隠棲した寂念・寂超・寂然《ぜん》の三兄弟をいう。大原の三寂と

前歌と同様、やはり春霞を詠んでいるが、それを佐保姫が着る衣を干している様《さま》にとりなして前面に押し出したところに新しさがある。「山も」とあるのは、『百人一首』持統《じとう》天皇の歌「春過ぎて夏きにけらし白妙《しろたへ》の衣ほすてふ天《あま》の香具山」を踏まえ、天の香具山は夏に白い衣をほすが、ここ佐保山では春に白い衣をほしているよと洒落《しゃれ》たのである。伝統にのっとりながら新しい着想をだしているところに、為家らしい工夫が見える。

佐保山は平城京の東北の方角にある。東は季節では春にあたるから、人々は春を司《つかさど》る女神《めがみ》を*佐保姫と呼んでその擬人化を楽しんだ。奈良時代には、佐保大路の周辺には貴族の邸宅や陵墓《りょうぼ》があり、『万葉集』には、川霧・千鳥・青柳などとともに、「佐保山」「佐保川」などが、美しい故郷の情景として詠《よ》まれているが、佐保姫の名が現れるのは『古今和歌六帖』の「佐保姫の織りかけ晒《さら》す薄機《うすはた》の霞裁《た》ちきる春の野辺かな」あたりが早い例で、佐保姫が染色や機織《はたお》りに関わる春の女神であるというイメージも次第に定着した。

ちなみに近代の正岡子規《しき》も「*佐保神の別れ悲しも来む春に再び逢はむ我ならなくに」と歌い、病に冒《おか》されて来年の春を期しがたい自らの命と重ねて、この佐保姫のことを哀惜《あいせき》している。

も。

*佐保姫と呼んで―東の春の女神佐保姫に対して、秋の女神には龍田姫がいる。龍田山は佐保山とは反対の平城京の西にあった。

*佐保神の別れ悲しも……―歌集『竹乃里歌』に載る子規の歌。

03

若菜《わかな》つむ我が衣手《ころもで》も白妙《しろたえ》に飛火《とぶひ》の野辺《のべ》は沫雪《あわゆき》ぞふる

【出典】詠千首和歌・春二百首、中院詠草・三、続古今集・春上・二〇

春のはじめ、あなたに差し上げようと、ここ飛火の野辺で若菜を摘《つ》んでいるが、飛ぶ火という地名のせいか、空中には着物の袖も白くなるほど沫雪が舞い乱れるように降っているよ。

『詠《えい》千首和歌』中の一首。『百人一首』でも知られる「君がため春の野に出でて若菜つむわが衣手に雪は降りつつ」という光孝《こうこう》天皇の歌が本歌《ほんか》。雪の中で若菜を摘むという相手への「誠意」を主題とした歌であるが、本歌に比べると、ややごちゃごちゃした印象が残ることは否めない。「衣手も白妙」という懸詞《かけことば》はまだいいとして、なぜ「飛火野」なのかがはっきりしない。「沫雪が飛ぶ」という譬喩《ひゆ》を計算したのかもしれないが、そうすると沫雪のイメ

【語釈】○若菜―芽を出したばかりの菜。正月子《ね》の日に摘んで不老長寿を祝って食したり人に贈ったりした。○衣手も白妙に―通常「白妙の衣手」というところを「衣手も白」と懸詞に使っている。○飛火の野辺―大和国の歌枕で、今の奈良公

ージとは矛盾する。貞応《じょうおう》二年（一二二三）八月、二十六歳の為家が一念発起《ほっき》して詠んだ千首なので、性急に整えたせいもあるかも知れない。

この千首には、面白い伝承がある。頓阿《とんな》の『*井蛙抄《せいあしょう》』によれば、若い頃、為家が蹴鞠《けまり》に熱中して歌道を顧《かえり》みなかったので、父定家が激しく叱責《しっせき》、一旦は稽古を始めたものの、修行の厳しさに堪えきれず、今度は出家を決意したが、天台座主《ざす》慈円《じえん》に諫《いさ》められて再発奮し、僅《わず》か五日間でこの千首を詠み上げ、ようやく父や慈円にその決意のほどが認められた、という。まさか五日で詠んだわけではあるまいが、とにかく時期が時期だった。

二年前の承久《じょうきゅう》三年には承久の乱が勃発して、後鳥羽《ごとば》・順徳《じゅんとく》・土御門《つちみかど》の三上皇が遠島に流されている。また同年七月ころ、為家は関東の有力御家人《ごけにん》であった*宇都宮蓮生《うつのみやれんしょう》の娘と結婚、翌貞応元年には長男の為氏《ためうじ》を儲けている。動乱による政治的空白期に、彼は右の千首の他に、さらに十三もの百首歌を作っているのである。この努力によって、青年為家は和歌の家*御子左《みこひだり》家を継ぐ素地を固めえたのであるが、それだけに一首一首に彫琢《ちょうたく》を凝《こ》らす余裕はなかったと思われる。しかし手馴れた歌になっているのは確かである。

園春日野の一帯。奈良時代に外敵の侵入を知らせる狼煙《のろし》と烽火《とぶひ》台が設置されたことによる呼称。○沫雪―春先に降る溶けやすい雪。

*井蛙抄―鎌倉末から南北朝初期に活躍した、二条派の歌僧頓阿の主要歌論書。一三六〇年前後までになったとされている。

*宇都宮蓮生―鎌倉幕府の有力御家人宇都宮頼綱。牧氏の乱に連座したという嫌疑を受けて出家、以後主として京都西山に住んだ。

*御子左家―道長の子長家に始まる家系で、俊成・定家・為家の三代で歌道の家を確立した。「御子左」とは、御子にして左大臣にまでなった醍醐天皇の御子兼明親王のこと。その家を長家が伝領したことから、家系の名となった。

04

六十《むそぢ》あまり花に飽《あ》かずと思ひきて今日こそかかる春にあひぬれ

【出典】中院詠草・一九、為家卿集・五八八

六十年に余る年月の間、春ごとに咲く桜の花の美しさを飽きることなく眺め嘆賞してきたが、今日こそはこのような、勅撰集の撰者《せんじゃ》を再度拝命《はいめい》するという、栄誉に満ちた我が身の春に会うことができた。

【語釈】○花に飽かず—花に飽きることがない。いつまでも眺め嘆賞していたい。○かかる春—このような春。勅撰集の撰者を拝命し歓びに満ちた我が身の春。

『中院詠草』「花」題の歌。「正元元年三月十六日庚申《こうしん》、西園寺《さいおんじ》ニ御幸《ごこう》ノ次デ一首。今日勅撰ノ事ヲ奉ズ」と注記がある。「勅撰ノ事」というのは、為家が、第十番目の『続《しょく》後撰集』に続いて、僅か七年を隔《へだ》てて二度目となる『続古今集』の撰者を拝命したこと。春の「花」の歌でありながら、撰者となった感懐《かんかい》を歌うことの方を主とした一首であると見える。

正元《しょうげん》元年（一二五九）は、為家六十二歳。その三月十六日、前太政大臣《さきのだいじょうだいじん》藤原

（西園寺）実氏《さねうじ》の北山第《きたやまだい》、今の金閣寺の地に後嵯峨院《ごさがいん》が御幸《ごこう》され、折から庚《こう》申《しん》の日で連歌《れんが》の会が催された。その席上、院から直々に口頭で命を受けたという事実を背景としている。為家は、いくつかの理由を挙げて、代わりに嫡《ちゃく》男為氏《なんためうじ》（三十八歳）を推挙し、自分は辞退したいと申し出たのであったが、結局その願いは叶《かな》えられなかった。

「六十あまり」は、この年の為家の年齢六十二歳を、そのまま歌い込めたもの。「花に飽かずと思ひきて」とは、桜の花を毎年眺めながめて飽きることなく嘆賞してきたけれど、の意。下句「今日こそかかる春にあひぬれ」は、いつもの年の桜に現《うつつ》を抜かすだけだった春の有り様《よう》の上に、今年の今日は、勅撰集の撰者を仰せつかるという特別の春となった、歓ばしくも栄誉に満ちた我が身の春に廻り会うことができた、との懐《おも》いを直叙して、下命された後嵯峨院への報謝の念を表出したのである。

同時にこの歌は、先行する漢詩句を踏まえた、典拠ある表現でもあった。*『新撰朗詠集《しんせんろうえいしゅう》』や*『和漢兼作集《けんさく》』に載る「六十余廻看《かいみ》レドモ未ダ飽キタラズ、他生《たしょう》（来世）ハ定メテ花ヲ愛スル人トナラム」（大江佐国《すけくに》）という名詩句が先行してあり、為家の和歌は、その第一句にも拠っているからである。

*新撰朗詠集―藤原基俊が、永久年間（一一一三―一八）に、詩文の秀句と秀歌を集め編纂した撰集。

*和漢兼作集―和歌と漢詩の両方に秀でた作者の作品を集めた撰集。正元元年（一二五九）に、藤原光俊が編纂したと考えられている。

05

明けわたる外山《とやま》の桜夜《よ》のほどに花さきぬらしかかる白雲《しらくも》

【出典】洞院摂政家百首・花、続後撰集・春下・六八

少しずつ夜が白んで明けわたってゆく、里に近い外山の桜は、この一夜のうちに花が咲き揃ったらしい。昨日ははっきり見えなかった白い雲が、今朝は山のあちこちにかかって見える、山桜の花の美しさよ。

【語釈】○外山―人里に近い山。本文参照。

為家は、宝治《ほうじ》二年（一二四八）七月二十五日、宇治真木島《まきしま》の実氏《さねうじ》の別荘への御幸先で、後嵯峨院から、内々に勅撰集の撰集を命じられ、三年後の建長《けんちょう》三年（一二五一）十二月二十五日、第十番目の『続《しょく》後撰集』（二十巻、一三七一首）として完成・奏覧《そうらん》した。為家の五十歳代前半、最も充実した時期の仕事で、為家はこの集に十一首の歌を自撰した、その一首がこの歌であった。

「洞院摂政家百首《とういんせっしょうけひゃくしゅ》」は、寛喜《かんぎ》二年（一二三〇）六月に九条道家《みちいえ》の二度目の百首

として企画が始まり、貞永《じょうえい》元年（一二三二）に新当主教実《のりざね》の家の百首として、元年閏《うるう》九月に成立した。時に三十五歳であった為家は、当初から歌人の一人に予定されていて、元年三月以前に詠進《えいしん》を終えていた。主家九条家の催しの常連にもなり、ようやく歌人として独り立ちできたころの作品である。

「外山《とやま》」は「深山《み》」や「奥山」に対して、山岳の中心から見て外周に位置する山。多くの場合、人里に近く低い山である場合が多い。下句《しものく》に展開する見立て、遠山桜《とおやまざくら》を白雲と見るという趣向は、貫之《つらゆき》の＊「桜花咲きにけらしなあしひきの山の峡《かひ》より見ゆる白雲」以下に多くの先行作例があり、落花《らっか》を雪と見る見立てとともに、十分に普遍化して受け継がれていた。為家はそのような詠歌伝統に拠って歌ったのである。

しかし、この一首の眼目《がんもく》は、実は「夜のほどに花咲きぬらし」と歌った三・四句の把握と表現にある。「花咲きぬらし」はいくらでも作例がありそうな詞続《ことばつづ》きだが、俊恵《しゅんえ》や嘉言《よしとき》に若干の例はあるものの、勅撰集では『続後撰集』のこの歌が初出で、為家の独創というに近い。

さて「夜のほどに花咲きぬらし」という表現の背後には、二つの拠り所があった。一つは「前栽《せんざい》の竹の中に桜の咲きたるを見て」という詞書《ことばがき》のある

＊桜花咲きにけらしな……―古今集・春上・五九・貫之。桜の花がどうやら咲いたらしい、山の間から見えるあの白雲は。

「*桜花けふよく見てむくれ竹の一夜《ひとよ》のほどに散りもこそすれ」という是則《これのり》の歌である。風や雨にあってはかなく散ってしまうものとしての桜と、それを愛惜《あいせき》してやまぬ心は、花を歌う場合の最も主要な*本意《ほんい》であり、是則の歌は、竹の縁《えん》で、「ひとよ（一節《よ》＝一夜）のほどに」と構想した歌であった。そして「夜のほどに散りもこそすれ明くるまで火影《ほかげ》に花を見るよしもがな」（和泉式部集）のように、夜の間に散ってしまうものとしての桜と、散ることへの懸念《けねん》を詠む型の歌として承け継がれていた。為家はこの型の歌を意識して、それを散る桜から咲く桜にうまく取りなしたのである。

為家のいま一つの拠り所は、『*千載佳句《せんざいかく》』所収、温庭筠《おんていいん》「春日」詩の「三春、月ハ照ラス千山ノ路、十日、花ハ開ク一夜ノ風」の後半の句に求められる。為家は、漢詩の世界には行われていた把握と表現を和歌の世界に取り入れ、花のもう一つのあり方として、一夜のうちに急速に開花するという側面を捉《とら》え、このように表現したのであった。

以上、和と漢の両方の伝統を踏まえながら為家は、いわば和歌の世界に見残されていた、いま一つの花の本意を発掘したのである。現代人の目から見れば見過ごしてしまいそうな何気ない表現であるが、この歌を『続後撰集』

*桜花けふよく見てむ…―後撰集・春中・五四・是則。桜花を今日こそよく見ておこう。一夜のうちに散ってしまうかしれないから。

*本意―題詠を中心とする平安時代の和歌が追求してきた考えで、その物の本性の最もそれらしいあり方を示すもの。

*千載佳句―十世紀の中頃、大江維時《これとき》が、中国詩の七言の佳句を二句ずつ抜き出して、分類配列した撰集。

に自撰した為家の、満足と密《ひそ》やかな自恃《じじ》の心に思いを馳《は》せたいものである。

院政期以降、中古和歌からの脱却を目指し、心ある歌人たちはみな新たな方法を追究してきた。用語の枠を拡大する方向や趣向の面白さを追い求める方向などが模索されたあと、斬新《ざんしん》な続けがらによって伝統的なことばのもつイメージ喚起力を最大限に活用し、一方、古歌《こか》や物語、漢詩や和漢の故事などを援用して内容を重層化・複雑化しながら、虚構美の世界を一首の中に構築する方向に深化していったのが、新古今時代であった。

優れた歌人たちが輩出した、絢爛《けんらん》のその時代が過ぎた次の世代の代表が、為家であった。彼は、詠作活動を続ける中で得た、実際的な方法論を歌論書『*詠歌一体《えいがのいってい》』として後代に残した。その末尾を、「*歌は珍しく案じ出して、我がものと持つべしと申すなり。さのみ新しきことあるまじければ、同じ旧事《ふること》なれども、詞続き、しなし様《やう》などを、珍しく聞きなさるる体《てい》を計らふべし」と締め括《くく》っている。為家は伝統と父祖が残してくれた教えを、既に存在する価値として大切に守りながら、とりわけ詞の連続やことがらの扱いの上に、僅かな新しさを求めて腐心《ふしん》した。そのような為家的な行き方の、最も成功した例がこの一首だったといっていいだろう。

*詠歌一体―為家の歌論。最晩年文永末年頃の成立か。稽古の思想や「主ある詞」など注目すべき理論が見える。

*歌は珍しく……―歌は珍しい表現を案じ出して自分の持歌とすべきだと言われる。しかし、そんな新しい趣向など滅多にあるはずもないから、同じありふれた旧事であっても、詞続きや取りなし様などを、珍しく聞こえるように工夫すべきなのだ。

06

初瀬女《はつせめ》の峰の桜の花かづら空さへかけてにほふ春風

【出典】洞院摂政家百首・花、中院詠草・一五、続古今集・春下・一〇三

初瀬女が木綿《ゆふ》で作るという白い花かずら、その花かずらのように、白く咲きほこる初瀬山の峰の桜が、広い空さえもいっぱいにして、春風に匂ってくる。

これも「洞院摂政家百首」の「花」の歌。この歌の背後には、『万葉集』巻六「初瀬女のつくる木綿花《ゆふはな》み吉野の滝の水沫《みなは》に咲きにけらずや」*がある。初瀬女は、奈良県桜井市初瀬の乙女。この万葉歌により、木綿花（楮《こうぞ》の繊維で造った白い造花）を造る乙女と考えられた。「花かづら」は、桜の花を連ねて作った髪飾り。髪に掛けるところから、「空さへかけて」の「かけて」と縁語関係になる。「かけて」は覆《おお》ったり被《かぶ》せたりする意。「にほふ」には、

【語釈】○初瀬女─初瀬乙女。大和初瀬地方の小女。○花かづら─「かづら」は蔓草や梅・桜などを頭髪の飾りとしたもの。「蔓」の字を当てる。

*初瀬女のつくる木綿花《ゆふはな》……─万葉集・巻六・九一七・笠

峰の桜が美しく照り映える視覚的な意味も利《き》いていて、嗅覚の匂いのみではない。何れにしても下句はかなり非現実的な大きな景である。

為家の主著『詠歌一体』に「主《ぬし》ある詞《ことば》」というのがある。春・夏・秋・冬・恋・旅に部類して*四十三の表現を列挙したものであるが、大部分は新古今時代歌人の歌で占められていて、まさしく新古今歌風の核心に位置する典型的な表現ばかりである。「主」とは持ち主、すなわち初めてそれぞれの表現を考案した最初の歌人のことで、先人が苦心して詠み出した表現に敬意をはらって、使用を制限するという主旨の集成であった。

その「主ある詞」の一つに「空さへ匂ふ」がある。出典は「*花盛り春の山辺を見渡せば空さへ匂ふ心地こそすれ」「*花の色に天ぎる霞たちまよひ空さへ匂ふ山桜かな」の二首で、為家のこの歌の下句「空さへかけて匂ふ」は、その「空さへ匂ふ」の変型。この表現も為家以前には全く用例がなく、ずっと後年になって浄弁《じょうべん》の模倣作があるのみだから、為家の「空さへかけて匂ふ」は独創句と評価してよいであろう。

先人たちの表現を組み合わせたり、連続を変えたりして、僅《わず》かな新しさを求め、それをなだらかに優美に歌うのが為家の方法であった。

金村作の反歌の初案。初瀬女が作る白い木綿花が、み吉野の滝の白い水泡となって咲いているではないか、の意。

*四十三の表現―うつるも曇る（具親）、花の宿かせ（家隆）、嵐ぞ霞む（宮内卿）、空しき枝に（良経）、露の底なる（式子）、雪の夕暮（定家）など。

*花盛り春の山辺を……―千載集・春上・五一・師通《もろみち》。

*花の色に天ぎる霞……―新古今集・春下・一〇三・長家。

07

よしさらば散るまでは見じ山桜《やまざくら》花のさかりを面影《おもかげ》にして

【出典】弘長百首・花、中院詠草・一六、続古今集・春下・一二五

よし、それならば散ってしまう最後の時まで見ることはすまい、山桜よ。花の盛りの華麗な姿を、しっかり脳裏に焼き付けた面影として留めておいて。

『古今集』の「折り取らば惜《を》しげにもあるか桜花いざ宿《やど》借りて散るまでは見む」*を本歌とし、「散るまで見ていよう」というその心を反転させて、満開の桜を賛美する。いっそのこと面影に留めるだけにして、これ以上は見るまいと、強がりを言った趣《おもむ》きである。そうすれば満開の桜は、幻影となっていつまでも脳裏に焼き付き、変わることはないから、という理屈である。「よしさらば」は、「よし、そういうことなら」の意で、強い決意の表明。

＊折り取らば惜しげにも…—古今集・春上・六五・詠人しらず。この美しい桜の花を折り取ってしまったら、なんとも惜しい気がするよ。さあ宿を借りて散ってしまう最後の時までしっかりと見ていることにしよう、の意。

院政期以後に爆発的に流行した表現で、『新編国歌大観』の索引で見ると、全部で四百九十四例もある。しかもそのほとんどが初句《しょく》に使用されている。「面影にして」も、ごく普通のありふれた表現のように見えるけれども、『万葉集』の「*夕されば物思ひまさる見し人の言《こと》問《と》ひしさま面影にして」（古今六帖にも）とこの為家詠、そして『風雅集《ふうが》』の「*あはれまた夢だに見えで明けやせむ寝ぬ夜の床《とこ》は面影にして」の作品の他には、ほとんど用例なく、万葉語を再発見した為家の独創表現だと言ってもよいであろう。さりげないが、きらりと光る表現で、しかもなだらかで、いかにも為家らしい。

「弘長《こうちょう》百首」は弘長元年（一二六一）冬の成立。後嵯峨院が、藤原実氏《さねうじ》（実空）、藤原基家、藤原家良《いえよし》、藤原為家、藤原為氏、藤原行家、藤原信実（沙弥寂西）の清撰七人に命じて詠進させた*応制《おうせい》百首。鎌倉滞在中の真観《しんかん》だけは人数に入っておらず、あるいは実氏らの意図的な排斥《はいせき》があったのかも知れない。彼らは当時最も優れた歌人たちだったので、頓阿《とんな》の『井蛙抄』以前に、「七玉《しちぎょく》集」の異名がつけられていた。為家が単独で『続《しょく》古今集』の撰集を始めてから二年目、新らしい秀歌《しゅうか》を得ることを目的とした催しでもあった。

*夕されば物思ひまさる……—万葉集・巻四・六〇二・笠郎女《いらつめ》。夕方になると物思いもまさってくる。お逢いした人のものを言うさまが面影に現われて。

*あはれまた夢だに見えで…—風雅集・恋四・一三〇一・永福門院内侍《ないし》。ああまた今夜も、夢さえも見えないで明けてしまうのか、寝られない夜の床はあの人の面影ばかりが浮かんできて。

*応制百首—天皇の命を受けて詠進される百首。「制」は天皇の命令。

08

契《ちぎ》らずよかざす昔の桜ばな我が身ひとつの今日《けふ》にあへとは

【出典】中院詠草・一八、為家卿集・二〇

冠《かんむり》に挿した昔のままのかざしの桜花よ、我が身ひとりだけが、再び舞人《まいびと》をつとめる今日の日に逢えなどと、前世からの約束事があったのだろうか。まったく予想だにしなかったことだ。

『中院詠草』所収歌。「貞応元年、代始《だいはじめ》に石清水《いはしみづ》臨時祭舞人《まひびと》つとめ侍るとて」と注記がある。貞応《じょうおう》元年（一二二二）は、為家、二十五歳。この年は、03番歌でも触れたように、千首の詠作と習作の百首多数を詠んで、歌の家継承へと密《ひそ》やかな決意を示した年であった。「代始」は、承久《じょうきゅう》三年七月九日、仲恭《ちゅうきょう》天皇が廃されて十歳の後堀河天皇が践祚《せんそ》*、動乱に関わった後鳥羽院と順徳院、そして土御門院は、それぞれ隠岐《おき》と佐渡・土佐国に流され、新帝は

【語釈】○契らずよ―約束しなかったよ。

＊践祚―天皇の世継ぎが、天皇の地位を受け継ぐこと。

十二月一日に即位された。その後堀河天皇の御代《みよ》始めである。「石清水臨時祭」は、その翌年貞応元年三月（二十二日か）のことだったであろうか。

「かざす昔の桜ばな」とは、祭に参加する勅使《ちょくし》と舞人は、冠に桜の花を挿《かざ》頭《し》として着けたことをいう。為家は、建保《けんぽう》元年（一二一三）以後、ようやく順徳天皇内裏の歌会に参加できるまでになり、側近《そばちか》く仕え親近した一歳年長の天皇との別れの後、あるいは事件に連座するなどしてこの場に見えなくなった同輩たちへの思いもある中で、我が身一人が昔と同じ桜をかざして舞人をつとめるなど予想だにしなかった、と独白するように感懐《かんかい》を歌った。承久の動乱を経過した後の、為家の心境を吐露《とろ》した述懐《じゅっかい》である。

この歌と相前後する頃のものと思われる歌がもう一首ある。「*秋の色の帰らぬ水の湊出《みなとい》でに紅葉の色を寄する浦風」（為家卿集・十九）がそれで、承久三年中の「浦辺の落葉」題の歌である。この歌、「帰らぬ水の湊出で」に、七月十三日の後鳥羽院の離京、二十一日の順徳院の離京という悲しい事実が暗示され、「紅葉の色を寄する浦風」には、為家を寵遇《ちょうぐう》してくれた順徳院に対する複雑な思いが寓《ぐう》されているのであろう。しみじみとした哀感をひそめた歌であるといえる。

＊秋の色の帰らぬ水の……――秋らしい気配が立ちはじめたいま、決して帰ることのない船出の時にあたり、水面を悲しい紅葉色に染めて、浦風が吹き寄せてくる。

09

山ふかき谷吹きのぼる風の上に浮《う》きて天霧《あまぎ》る花の白雪

【出典】中院詠草・二二、為家卿集・三三〇

ここ西山の善峰寺《よしみねでら》のあたり、山深い谷あいを吹きのぼってくる風に乗って、白雪さながらに花びらが空一面を曇らせて動いてゆく。何と壮大で美しい花吹雪であることよ。

『中院詠草』の「残花《ざんか》を翫《もてあそ》ぶ」題の歌。「寛元《かんげん》元年暮春ノ頃、蓮生《れんしやう》法師ノ西山ノ禅庵ニ於テ之ヲ詠ズ」との注記がある。蓮生法師は、為家の岳父《がくふ》（妻の父）宇都宮頼綱入道で、出家上洛《じようらく》後、法然上人の弟子となり、西山の善《よし》峰寺《みねでら》に住んで活動し実信房とも号した人。為家は、仲間たちを誘ってその善峰寺の残花をたずねて歌会を催し、歌を詠み交わしたのである。

「天霧る」は、霧や雲などで空一面が曇ったような状態になることをいう

＊山たかみ峯の嵐に……―新古今集・春下所収、二条院讃岐の歌。

＊為家卿集―承久元年（一二一九）

歌語《かご》。「浮きて天霧る」は、為家の独創表現で、他に類例がない。谷あいを吹き上ってくる風に吹かれて落花が舞い上がり、花吹雪が空一面を流動してゆく壮大な景観である。『詠歌一体』の「主《ぬし》ある詞」の一つに「月にあまぎる」があり、「*山たかみ峰の嵐に散る花の月にあまぎる明けがたの空」という二条院讃岐の歌が載っている。それと同じ趣きの、いかにも新古今的な華麗で動きを伴った表現である。

『*為家卿集』の注記も、年記がないだけで、内容は『中院詠草』にほぼ同じ。こちらにはさらに「*この山は盛りに見ゆる遅ざくら御法《みのり》の花もさぞ残るらむ」「*訪《たづ》ねこし深山《みやま》桜に目離《めか》れして真《まこと》の花の盛りをぞ聞く」という挨拶の歌二首が、一緒に残されている。

一方、訪ねられた蓮生法師の立場からは、「西山に住み侍りける頃、花の盛りに前大納言為家、人々誘ひて訪ねまうできて、歌よみ交わして侍りけるを、上の男の中より尋ね侍りければ（その歌が見たいと望まれましたので）、送り遣《つか》はすとて書き添え侍りける」という詞書で、「*思ひきや空にしられぬ雪もなほ雲の上まで散らむものとは」という歌が見えている。主客の楽しい語らいと宮中をも巻き込んだ反響が髣髴《ほうふつ》とする、晩春の一日であった。

から弘長二年（一二六二）までの作品を年次順に配列した、自撰家集。七一四首を収める。

*この山は盛りに見ゆる…—ここ西山は今がまっ盛りと見える遅桜の季節、仏道修行にお励みの御法の花もさぞやここに残っていることでしょう。

*訪ねこし深山桜に…—訪ねてきたここ西山の深山桜からは目がそれてしまい、それは見ないで、真の仏道修行の結果としての花の盛りをつい聞いてしまいます。

*思ひきや空にしられぬ…—玉葉集・春上・二四三・蓮生。思いもよらぬことでした。あの「空にしられぬ雪」落花が散って人に知られたように、私の家でこっそり詠みあった花見の歌が、宮中でもうわさになりましょうとは。

10

都にて山の端《は》たかく待ちいでし月の桂《かつら》は麓《ふもと》なりけり

【出典】中院詠草・一〇九、為家卿集・三二九

都の中にいて、山の端高い位置に待ってようやく出た月、その月の中に生えているという桂の名をもつ桂の里は、先刻まで訪れて楽しい時を過ごした、あなたがお住まいの西山の麓なのでした。

【語釈】○月の桂―桂はカツラ科の落葉喬木であるが、ここは中国伝承の月中にあるとされる想像上の木。

『中院詠草』には「蓮生法師の西山の庵にまかりて、夜に入りて帰り侍りし時、道より申しつかはし侍りし」と注記がある（為家卿集もほぼ同じ）。前項09番歌を詠んだ、岳父蓮生《れんしょう》の西山禅室訪問後の帰途《きと》の作。

「西山」は、京都盆地の西を限る山なみ。「月の桂」は、中国の俗信で、月の中に生えているとされる丈《たけ》の高い桂の木。山城国の歌枕《うたまくら》で、桂川東岸に位置する里の名「桂」をかけて詠まれている。西山から下山して麓の桂まで

きた時、月中の桂のことに思い及び、冷泉《れいぜい》高倉の自宅に帰り着くよりも早く、すぐに岳父の許《もと》にこの歌を送ったのである。「＊都にて山の端に見し月なれど」「＊都にて山の端に見し月影を」などの表現を思い浮かべて、発想のヒントにしているであろう。

実は、前項の歌の詞《ことば》にもこの歌の詞にも「西山禅室」「西山の庵」とあるのみで、「善峰寺《よしみねでら》」であるとは明記されていない。それが特定されるのは、＊『新千載集』（哀傷・二一八三）の次の詞書によってである。

弘安元年三月、藤原景綱ともなひて、西山の善峰といふ寺に詣でて、外祖父蓮生法師旧跡の花の散り侍りけるを見て、人々三首歌よみ侍りけるに　　前大納言為氏

訪ねきて昔をとへば山里の花のしづくも涙なりけり

景綱（蓮瑜《れんゆ》）は、頼綱入道蓮生の嫡男泰綱の子（嫡孫）で、為家妻には同母弟の子すなわち甥《おい》にあたる。為氏と景綱は従兄弟《いとこ》同士という間がらにあった。為氏は、上洛してきた景綱（蓮瑜）を誘って祖父の旧跡である善峰寺を訪れ、往事を偲《しの》び追懐したのである。弘安《こうあん》元年（一二七八）は、正元元年（一二五九）の祖父蓮生の死から二十年余りが過ぎたころであった。

＊都にて山の端に見し月なれど―後撰集・旅・一三五五・貫之。

＊都にて山の端に見し月影を―後拾遺集・旅・五二六・為義。

＊新千載集―南北朝期、第十八番目の勅撰和歌集。北朝の後光厳天皇の命によって、二条為定が撰にあたり、延文四年（一三五九）成立。二三六五首を収める。

11

早瀬川《はやせがは》波のかけ越す岩岸《いはぎし》にこぼれて咲ける山吹《やまぶき》の花

【出典】続古今集・春下・一六六、秋風集・春下・一一七、雲葉集・春下・二三七

流れの早い早瀬川の、波が掛かっては越えて流れてゆく岩畳《いわだたみ》の岸の上に、花びらをこぼれ散らしながら咲いている、可憐《かれん》な山吹の花の美しさよ。

【語釈】○早瀬川―瀬が多く流れの早い川。固有名詞ではない。○波のかけ越す―波が掛かり岩の上を越えてゆく。○岩岸―岩が重なっている岸。○こぼれて咲ける―咲きこぼれている。

『続古今集』は「岸山吹を」と、題を示すのみだが、『秋風集』(真観撰)に「前摂政の右大臣に侍りける時詠ませ侍りける百首の歌に、岸山吹を詠み侍りける」とあり、『雲葉集』(基家撰)もほぼ同じ。前摂政実経が右大臣であった時の百首歌の詠で、仁治元年(一二四〇)十月二十日から寛元二年(一二四四)六月十三日の間の歌。為家は四十三歳から四十七歳であった。

早瀬川は浅く流れの早い川のことであるが、『千載集』以後の先行勅撰集

の用例はみな人世的なニュアンスで用いられている中で、『続古今集』に至り初めて純粋な叙景歌となった。また表現がなだらかで耳に立つところもなく、とてもそうは見えないけれど、「波のかけ越す」「岩岸に」「こぼれて咲ける」というそれぞれの表現も、すべて前後の勅撰集中に用例の見えない特異句ばかりである。なおまた、建長八年「百首歌合」三百六番左の忠定の歌「いはぬ色も包みやあまる垣ほより漏れこぼれたる山吹の花」に対して、判者知家（蓮性）は、「一条前摂政家百首に戸部禅門《こほうぜんもん》（為家）歌に、咲きこぼれたる山吹の花、と言ふことや侍りし*、下句変らずや」と言って、負と判じている。

真観・基家・知家（蓮性）という面々は、後年為家と対立し離反していった歌人たちであった（建長八年「百首歌合」の時点ではすでに為家は排除され対立は顕在化している）が、彼らの誰からも等しく秀歌と評価された歌であったのに、為家はなぜか『続後撰集』の自撰十一首の中には入れていない。

後年、阿仏は『十六夜日記』の旅の途次、浜名の橋において、「かもめゐる須崎《すざき》の岩もよそならず波のかけこす袖に水慣《みな》れて*」と、為家のこの歌を下敷きにして、意識の底で夫為家を思いおこしている。

＊と言ふことや侍りし―という歌があったでしょうか。下句はその歌と変わるところはありません。

＊かもめゐる…―鷗の止まっている須崎の岩も私に関係ないものとは思われない。波が掛けては越えて行き、いつも水（涙）にぬれているという点では同じことだから。

12　ほととぎす待つとばかりの短か夜《よ》に寝なまし月の影《かげ》ぞ明けゆく

【出典】中院詠草・二六、為家卿集・一八二、続拾遺集・夏・一五二

時鳥《ほととぎす》の一声を、そのことにのみ心を集中して待つ、短い夏の夜。しかしとうとう時鳥の声を聞くことはできず、こんなことなら寝てしまえばよかったのにと、後悔しつつ外を見ると、早くも月の光はうすれ、夜が明けはなれてゆく。

「とばかり」は、副詞「と」に副助詞「ばかり」が加わった連語《れんご》で、ただそれだけの意。相模《さがみ》の*「聞かでただ寝なましものをほととぎすなかなかなりや夜半《よは》の一声」という歌を本歌としている。「寝なましものを」は、『百人一首』の赤染衛門《あかぞめえもん》の名歌*「やすらはで寝なましものを小夜《さよ》ふけて傾くまでの月を見しかな」の表現でもある。躊躇《ちゆうちよ》することなく寝てしまえばよかったものを、の意。文法的にいうと「なまし」は、完了の助動詞「ぬ」の未然形に

*聞かでただ寝なまし…――新古今集・夏・二〇三・相模。分かっていたら聞かずにすぐ寝たらよかったのに、時鳥よ、かえって寝られなくなってしまった、夜中の一声を待ちに待っているうち

反実仮想《はんじつかそう》の助動詞「まし」がついた形。

この一首のポイントは、第四句「寝なまし月の」にある。そしてこの表現は、先の赤染衛門の歌を本歌として詠まれた定家の「やすらはで寝なまし月に我なれて心づからの露のあけぼの」（拾遺愚草員外）に学び、それを証歌《*しょうか》として生まれた縮約表現である。また、二句「待つとばかりの」と五句「影ぞ明けゆく」も一見ありふれた表現のように見えながら、為家の歌に先行する同じ表現はない。為家独創の詞続きである。このような目立たぬ部分にまで、為家の工夫と計算は行き届いているのである。

時鳥は、夏の鳥として五月に渡来し、八・九月に南方に帰ってゆく渡り鳥。陰暦では四月ころから渡来するため、立夏《りっか》に鳴くべき鳥とされ、平安時代には、寝ずに待った夜中や明け方などの湿潤の気の中で、初めて聞くその鳴き声に無上の喜びを感じることが、雅《みや》びな行為とされた。

為家のこの歌もそうした伝統にそったものだが、結句を「月の影ぞ明けゆく」と、なだらかな詞続きで、静かな余韻のうちに歌いおさめたところに、為家らしさがある。

＊やすらはで……―後拾遺集・恋二・六八〇・赤染衛門。ためらうことなく寝てしまえばよかったのに、あなたをお待ちして、夜更けて西の空に傾く月を見てしまいました。

＊証歌―その歌に使った表現の証拠となる歌。

13

ほととぎす鳴く一声《ひとこゑ》も明けやらずなほ夜《よ》を残す老《お》いの寝覚《ねざ》めは

【出典】中院詠草・二九、為家卿集・五六六、続古今集・夏・二一九

古歌には、ほととぎすの鳴く一声に夜は明けるというが、一声を聞いてもまだ夜は明けきらない。深夜にまだ長い夜の時間を残して目覚める、老いの寝覚め時には。

『中院詠草』に「寝覚の郭公《ほととぎす》」題。「正嘉《しょうか》二年、五十首」と注記がある。為家六十一歳の作。上句《かみのく》に「*夏の夜の臥《ふ》すかとすれば時鳥《ほととぎす》鳴く一声に明くる東雲《しののめ》」を本歌として巧みに取り入れ、下句《しものく》には自らの実感をこめて歌っている。また「老イノ眠リ早ク覚メテ常ニ夜ヲ残ス、病ノ力先《ま》ヅ衰ヘテ年ヲ待タズ」（和漢朗詠集《わかんろうえいしゅう》・老人・白楽天《はくらくてん》）の詩句にも拠っているだろう。

『古今集』の夏の歌は、全部で三十四首。そのうちの何と二十八首が「時

*夏の夜の臥すかとすれば…—古今集・夏・一五六・貫之。

鳥」が詠み込まれた歌である。『中院詠草』「夏」の為家詠は十二首。そのうちの七首が時鳥詠、四首が五月雨《さみだれ》詠である。伝統的に時鳥が夏の景物としていかに愛《め》でられてきたかがよく分かる。為家には*「いにしへを思ひいづれば時鳥雲井はるかに音《ね》こそ泣かるれ」（正嘉元年）の懐旧詠《かいきゅうえい》もある。「鳴く一声も明けやらず」と歌うこの歌も、そのような時鳥詠の一首だった。

題の前半「寝覚」は、末句に「老いの寝覚めは」と詠み込んで、題意をストレートに表現している。年をとると宵《よい》のうちから眠くなって早く寝てしまうものだから、暁《あかつき》をまたずに目覚めてしまう、そのような老人の習性を言い取った歌語で、微苦笑を誘うような面白さがある。

実はこの歌語は古い歌には見えず、新古今時代以後に徐々に流行したものであった。といって定家にはなく、当時の代表的歌人たちの歌も僅かである中、*「聞きてこそ涙は落つれ時鳥老いの寝覚めの夜半《よは》の明け方」（文永《ぶんえい》元年）*「思ふことあはれ尽きせぬ涙かな老いの寝覚めの秋の夜の月」（建長五年）*「しのばるる昔の夢はみえもせで老いの寝覚めに濡るる袖かな」（文永六年）などなど、老年期の為家には特にお気に入りの表現だったようで、十三首もの歌に、しかも実感を籠《こ》めて詠み入れている。

*いにしへを……―昔のことを思い出していると、時鳥が雲居の空高くを鳴き過ぎてゆく。ああ宮仕えしていた昔は遥か彼方に過ぎ去ったとの思いに駆られ、声に出して泣かれてくるよ。

*聞きてこそ……―時鳥の声を聞くと涙が流れてくるよ、老いの寝ざめの夜明け方には。

*思ふこと……―思うことも涙も尽きることはない。老いの寝ざめ時に見る秋の夜の月の下では。

*しのばるる……―偲ばしく思う昔の夢は見えもしないで、老いの寝ざめ時は涙に袖がぬれるばかりで。

14

五月雨《さみだれ》は行く先《さき》深し岩田河《いはたがわ》わたる瀬《せ》ごとに水まさりつつ

【出典】中院詠草・三三、為家卿集・四九六、続千載集・夏・二九〇

降り続く五月雨は、進んでゆく先の方ほど雨脚《あまあし》がしげくなってくる。熊野詣《くまのもう》での最初に御禊《みそぎ》として渡るここ岩田河では、瀬を渡る度《たび》ごとに水かさが増さり増さりしている。

岩田河は、紀伊国の歌枕。和歌山県西牟婁《むろ》郡、富田川中流の称。熊野参詣*中辺路《なかへじ》の要所で、この河の瀬を歩いて渡ることが、熊野参詣の最初の御禊《みそぎ》とされていた。「行く先深し」の表現は、熊野参詣においては先輩格にあたる花山院《かざんいん》の「*岩田河渡る心の深ければ神もあはれと思はざらめや」の「深ければ」に学んでいるであろう。渡る瀬ごとに水かさが増さってゆく、神聖な岩田河の五月雨を歌った一首である。

*中辺路―田辺（現和歌山県田辺市）から東に折れて熊野本宮に向かう中世の公式参詣ルート。

*岩田河渡る心の…―続拾遺集・神祇・一四五九・花山院。参詣のために岩田河を渡る、私の崇敬の念が深い

『為家卿集』では康元《こうげん》元年（一二五六）の年次下の「五月雨」題の歌。その下に、「（良守法印《りようしゆほういん》勧進）熊野山二十首」とある。為家、五十九歳の歌である。法印良守は、新古今歌人藤原忠良《ただよし》の孫にあたる僧で、三井寺法印。熊野那智《なち》に三年にわたり修行し、*滝垢離《たきごり》を取り、また為家から三代集*の伝授を受けてもいる。

『大納言為家集』一七四一以下一七六八までの歌二十八首は、この野寄《のより》の法印良守の「四十九日諷誦文《ふじゆもん》」（二月二十八日）に書き添《そ》えられた歌、ならびにその師の僧正房全《ぼうぜん》の二種類の連作和歌の詠で、これらによれば、法印良守の忌日《きにち》は文永元年正月九日であったと考証できる。為家の家集にその良守関係の歌（その師の歌までも）が収載されているのは、異例である。よほど深い関係があったものと思われる。

この「野寄法印良守」と、飛鳥井雅有《あすかいまさあり》『嵯峨のかよひ』（文永六年）に登場する「野寄法眼良珍《ほうげんりようちん》」との、住まい並びに名前の類似から、二人は父親と嫡男であったと推察できる。為家の嵯峨中院《ちゆういん》亭に近い、嵯峨の野寄に住んでいたことから、老為家と良珍に親交があったように、五年ほど遡《さかのぼ》った為家と良守の間にも親密な交友関係があって、その勧進に応じたものと思われる。

ので、熊野の神も哀れだとお思いになって、必ずや願いを聞き届けてくださるに違いない。

*滝垢離―滝の水を浴びて心身の垢を落とし清める修行。玉葉集・神祇・二七八四・法印良守「三熊野の南の山の滝つせに三年《みとせ》ぞぬれし苔《こけ》の衣手」。

*三代集の伝授―源承和歌口伝が伝える記事。三代集は古今集・後撰集・拾遺集。

15

天《あま》の川遠き渡《わた》りになりにけり交野《かたの》のみ野の五月雨《さみだれ》のころ

【出典】洞院摂政家百首・五月雨、続後撰集・夏・二〇七

天の川の水量が増して、とても遠い川渡りの道になってしまった、交野の禁猟区に五月雨が降り続くころは。これが七月だったら、「遠き渡りにあらねども」と歌われた、あの七夕の逢瀬はどうなることだろう。

貞永《じようえい》元年（一二三二）、為家三十五歳の作。『拾遺集《しゆうい》』の人麿《ひとまろ》の歌「天の川遠き渡りにあらねども君が船出は年にこそ待て」を本歌として歌われている。

「天の川」は、河内国の歌枕。河川の名としての天の川は、生駒山《いこまやま》を源流として北流《ほくりゆう》し淀川に注ぐ川であるが、歌枕の「天の川」は、『伊勢物語』八二段で、交野の渚院《なぎさのいん》で、馬頭《むまのかみ》なりける人（在原業平《ありわらのなりひら》）が惟喬親王《これたかのみこ》と遊宴をもった「天の河原」のことである。交野《かたの》と同じ淀川の左岸にあり、現在の

＊天の川遠き渡りにあらねども……拾遺集・秋・一四四・柿本人麿。天の川はそれほど遠い渡し場というわけではないけれど、あなたの船出は、一年に一度の逢瀬ゆえ、私は一年をかけて待っているのです。

大阪府交野市から枚方《ひらかた》市にかけての地域を指すという。
『伊勢物語』において、惟喬親王に「交野を狩りて、天の川のほとりにいたるを題にて、歌詠みて杯《さかづき》はさせ」と命じられ、馬頭が詠んだ「*狩りくらし棚機《たなばた》つ女《め》に宿からむ天の河原に我はきにけり」では、眼前の天の川を、天空の天の川に見立てて詠まれている。
「交野《かたの》のみ野」も河内国の歌枕。遊猟を好まれた平安初期桓武《かんむ》天皇の交野離宮以来、皇室御料《ごりよう》の野となり、一般には禁猟区とされたのであったが、新古今時代を経過した為家の時代における「交野のみ野」のイメージは、俊《しゅん》成《ぜい》の「*またや見む交野のみ野の桜狩り花の雪散る春の曙《あけぼの》」の名歌ほかによって、艶冶《えんや》な古典の面影を籠めて、華麗きわまりないものに変化していたと思われる。しかし為家のこの歌はそれをあえて逆転し、一見平板にも見えるが、あくまでも空を暗くして降り募《つの》る「五月雨」を中心としてうたったところに工夫がある。増水した河原は禁止しなくても禁野《きんや》であるほかなく、しかもそこに人麻呂詠の棚機つ女の待つ姿を重ねて、水まさり、雲の重なる、「五月雨」の本意《ほんい》を歌ったところに狙いがあった。

*狩りくらし棚機つ女に……――古今集・羈旅・四一八・在原業平。

*またや見む交野のみ野の……――新古今集・春下・一一四・藤原俊成。

16

龍田山《たつたやま》よその紅葉《もみぢ》の色にこそ時雨《しぐれ》れぬ松のほども見えけれ

【出典】為家卿集・一九〇、続後撰集・秋下・四一三

ここ龍田山では、ほかの木々の紅葉の色と比べることによってこそ、時雨に濡れてもいささかも色を変えない、常磐《ときわ》の松のめでたさのほども、はっきりと見えることだ。

『続後撰《しょくごせん》集』には、「寛喜元年女御《にょうご》入内《じゅだい》屏風に、紅葉」とある。為家三十二歳の作。この屏風歌は、寛喜元年（一二二九）十一月十六日、関白九条道家長女竴子《しゅんし》（後の藻璧《そうへき》門院）の、後堀河天皇内裏への入内《じゅだい》（二十三日女御《にょうご》）を祝って準備された、最も晴れの屏風に選ばれたもの。『*拾遺《しゅうい》愚草《ぐそう》』に残る定家の作品と『*明月記《めいげつき》』によると、九条家関係の代表として、関白道家以下、公経《きんつね》・実氏《さねうじ》・定家・為家・家隆の六人が、あらかじ

【語釈】○龍田山―奈良県生駒郡三郷町と大阪府の境にある山。麓を流れる竜田川と並んで紅葉の名所として名高い。

＊拾遺愚草―為家の父藤原定家の歌集。健保四年（一二一六）に上中下三巻がなる。

め詠進した月次屏風《つきなみびょうぶ》十二帖のための和歌、合計三十六首の、六人分を一堂《いちどう》に集めて選定を開始。結果、道家五首、公経九首、実氏六首、定家七首、為家三首、家隆六首が選出され、六曲一双*の屏風とすべく清書を世尊寺行能《せそんじゆきよし》に命じて善美が尽くされたという。九条家を主家《しゅけ》と頼む定家一家も、公経に懇望《こんもう》されて、為家姉民部卿典侍《すけ》が竴子付き女房貞子として出仕、為家は入内の儀に供奉《ぐぶ》して奔走《ほんそう》した。

その屏風和歌の、九月「紅葉」題の一首が、為家のこの歌であった。「よその紅葉」とは、本来は「ほかの場所の紅葉」の意であったが、為家の場合「他の木の紅葉」の意で詠まれていて、それが当時の共通理解であったようだ。「時雨れぬ松」とは、時雨にあっても他の木々のように色を変えて紅葉したりしない常緑の松、という意味で、為家の独創表現であった。九条家からから後堀河天皇に嫁《とつ》ぎ、入内することになった藤原竴子の最も晴れの屏風歌であるから、たとえ「紅葉」題であっても、時雨にあって色を変え、やがて散って行く並みの紅葉ではなく、周りの木々の中でも毅然《きぜん》として常緑を保つ松の、誇り高い節操をこそ歌っているのである。古歌に拠りながらも、時と場合に応じて新しい表現を創造した為家の臨機応変の力量が窺《うかが》える一首である。

*明月記―藤原定家が残した漢文日記。十八歳の頃から晩年八十歳に至る尨大な記録。現在冷泉家時雨亭文庫所蔵の自筆本は国宝に指定されている。

*六曲一双―六枚折れの屏風一対。

17

仕《つか》ふとて見る夜《よ》なかりし我が宿《やど》の月にはひとり音《ね》ぞ泣かれける

【出典】中院詠草・一三二、為家卿集・四七四、続拾遺集・雑秋・六〇四

我が君の政治に関わり奉仕するために日夜に精勤し、ゆっくり観賞する夜とてもなかった我が家の月、致仕《ちじ》し年老いた今、ゆくりなくも眺めるこの望月《もちづき》には、しみじみとひとり声にだして泣かれてしまうよ。

『中院詠草《ちゅういんえいそう》』の「月」題の歌。下に「建長五年八月十五夜、前太政大臣吹《すい》田亭《たてい》月五首」と注記がある。建長五年（一二五三）仲秋の名月の夜、前太政大臣西園寺実氏《さいおんじさねうじ》の吹田亭で開かれた五首題歌会での作品。この年為家は五十六歳。権大納言《ごんだいなごん》を退いてから既に十三年、しかしその二年後からは*本座《ほんざ》を許されていたし、三年前からは民部卿《みんぶきょう》の任を帯びていたから、全くの閑職というほどではなかったのだが、我が身の衰えの自覚がつい涙腺《るいせん》をゆるくさせたの

【語釈】○音ぞ泣かれける―「れ」は自発。泣こうとは思いもしないのに、自然と涙があふれ、声が出て泣けてしまう意。

＊本座―官職を辞めたあと、前官相当の礼遇を賜って、その身分相応の座に着かせ

であろう。しみじみとした実感がこもっている。

同時に、官吏《かんり》として同じような経験を作品に残した先人たちのことが、いささか為家の念頭を去来したことであろう。

一人は『古今集』撰者《せんじゃ》の貫之で、その長歌の末尾に、「*なほあらたまの　年を経て　大宮にのみ　ひさかたの　昼夜わかず　つかふとて　かへりみもせぬ　わがやどの　しのぶ草生ふる　板間《いたま》あらみ　降る春雨の　漏《も》りやしぬらむ」とある。古歌を奉《たてまつ》ったのだけれど、秀歌を漏らしてはいないかとの危《き》惧《ぐ》の念を表明している文脈だから、全く同じではないが、宮仕えに励む様《さま》の表現は類同《るいどう》していよう。

いま一人は白楽天《はくらくてん》で、「*今従《よ》リハ便《すなは》チ是レ家山《かざん》ノ月、試問ス清光ハ知ルヤ知ラズヤ」という詩である。白楽天が香山《こうざん》に永住しようとやってきて、初めて我が家の月に対した時の詩。「家山」は、故郷の山、我が家の山である。

為家は老年に達した今、来《こ》し方《かた》を思いやって、はるか昔の先輩である貫之と白楽天に思いを馳せてその心に重ねている。中世人がよくした古人《こじん》を友とするという心境であろうか。


ること。

＊なほあらたまの……古今集・雑体・一〇〇二・古歌奉りし時の目録の序の長歌。

＊今従リハ便チ是レ……白氏文集六六・初メテ香山院ニ入リテ月ニ対ス。新撰朗詠集にも入る。これからは、この月が我が家の山の月である。試みにたずねるが、そのことを清らかな光はご存じかどうか。

18

秋をへて遠《とほ》ざかりゆくいにしへを同じ影《かげ》なる月に恋《こ》ひつつ

【出典】中院詠草・一三四、続拾遺集・秋下・三一七

年ごとの秋を経て徐々に遠ざかってゆく昔の事どもを、当時と全く変わらぬ同じ光を放って空にかかる月を眺めながら、しみじみ恋い慕っているよ。

安貞《あんてい》元年（一二二七）、*仁和寺宮《にんなじみや》道助法親王家「詠十五首和歌」の「月前懐旧」題の歌。為家はこの年まだ三十歳であったから、昔を懐かしく思い出して感慨にひたるような内容の歌を詠むというのは、普通ではない。実感というよりも、老年になった立場に身を置いて、「月前懐旧」という題を、いわば虚構して歌ったということになる。昔は、一年また一年と過去に向かい遠ざかってゆく、秋は年ごとにめぐってきては、同じ光を放つ月を空に仰ぎ、月を

*仁和寺宮—洛北の仁和寺には、宇多上皇以来代々皇室の法親王が入室して、御室《おむろ》と尊称された。道助法親王は後鳥羽院の皇子（一一九六—一二四九）。

眺めて昔を恋い慕う、という趣向の歌で、やや類型的になりかねない。
類型化の弊《へい》を救っている修辞の一つは、初句の「秋をへて」にある。といってこれは為家の独創というのではない。父定家が「*偲《しの》べとや知らぬ昔の秋をへておなじ形見に残る月かげ」「*秋をへて昔は遠き大空に我が身一つのもとの月影」のように工夫し、愛用した表現で、定家はそれを秋のものである「月」と結びつけてしばしば用いていた。為家のこの歌は、その父の歌に倣《なら》い和《わ》した趣きの歌で、家の伝統の重みを感じながら、懸命にそれを受け継ごうと努力している為家のひたむきな姿を見ることができよう。

いま一つ、何気ないこの歌を救っているのは、下句の「同じ影なる月に恋ひつつ」の表現である。こちらの方は、西行の「*何ごとも変わりのみゆく世の中に同じ影にて澄める月かな」を踏まえながら、「澄める月かな」とストレートに直叙するのではなく、「月に恋ひつつ」という、為家にしかできない独自のふくよかな表現に、さりげなく変えて詠んでいるのである。

為家はこのように近代の先輩歌人たちの表現を、そのままにではなく、ほんの少しだけアレンジし、発想のヒントになる証歌《しょうか》として、続けがらのなだらかな表現を獲得していったのである。

*偲べとや知らぬ……―新勅撰集・雑一・一〇八〇・定家。
*秋をへて昔は遠き……―拾遺愚草・建仁元年院五十首の歌。
*何ごとも変わりのみゆく……―西行・山家集・上。

19

天《あま》の川《がは》八十路《やそぢ》にかかる老《お》いの波また立ちかへる今日に逢ひぬる

【出典】続拾遺集・雑秋・五六四

天の川の「八十瀬《やそせ》」ではないけれど、八十歳にさしかかろうとするこの老人の、寄る年波さながらに、波が立ちかえるように、一年たって帰ってきた七夕《たなばた》に、今年もまためぐりあえたことだ。

詞書に「文永十年七月七日内裏《だいり》に七首歌奉りし時」とある。文永《ぶんえい》十年（一二七三）は、為家七十六歳。続千載集・三五〇番歌とともに、為家が公的行事に参加した最後の作品である。内裏は亀山《かめやま》天皇内裏。「天の川八十瀬《やそせき》霧らへり彦星の」など「天の川八十瀬」と続ける慣用句に近い表現があったので、それと懸けて「八十路」に続ける。「やそぢ」は、七十代後半から八十すぎまでを指すので、年齢ぴったりである。

*天の川八十瀬霧らへり……―万葉集・巻十・二〇五三・詠者不詳歌。下句は「時待つ舟は今し漕ぐらし」。

「老いの波」は、年の寄るのを、波が寄せるのに喩えた言い方で、「かかる」「たち」「かへる」は波の縁語《えんご》。「今日に逢ひぬる」の「今日」とは、七月七日の七夕の日を指すが、それだけでなく、内裏《だいり》*乞巧奠《きっこうでん》という公式行事に伴う歌会への出詠歌であったので、毎年続けられるその御会《ごかい》を讃える意味をもっていよう。今年もまた今日のこの日にめぐり会えたとの感慨は、老為家にとっては来年が期《き》し難いだけに、特別な感慨を伴っていたであろう。

文永九年十年は、為家にとって辛い年であった。九年八月二十四日付の譲《ゆずり》状《じょう》で、相伝の和歌文書等の全てを幼い為相《ためすけ》に譲り渡したことに対し、次の勅撰集の撰者を期待されながら、撰集資料となる和歌文書の全てを為相に渡されたのでは歌の家を維持できないと直感した長男為氏《ためうじ》が反抗に出て、事々に為家に対し不孝の振舞いを繰り返し、日吉社《ひえしゃ》百日参籠《さんろう》中の世話も十分にしなかった。その時の為家の嘆きの歌が「*厭《いと》はるる長き命の思はずになほ永らへば子はいかにせん」（九年十月十二日）「*限りある命を人に急がれて見ぬ世のことをかねて知りぬる」（冬の頃）「*故郷《ふるさと》に千代もとまでは思はずと頓《とみ》の命をとふ人もがな」（日吉参籠中）であった。嫡男為氏とのこの確執は為家の晩年を暗くし、没後の所領相続をも大きく混乱させることになった。

*乞巧奠—毎年七月七日宮中で行われた七夕の行事。

*厭はるる長き命の……—厭われている私の長い命が思いがけずさらに永らえて伸びたら、我が子は私をどう扱うであろうか。

*限りある命を人に……—限りある命なのにそれを我が子に追い立てられるようにして、この世にありながら死後のことが分かってしまったよ。

*故郷に千代もとまでは……—古里に千代までもとは思わないけれど、あと僅かの命をたずねてくれる子がいてくれたらいいのに。

20

さしかへる雫《しづく》も袖の影《かげ》なればなれたる宇治《うぢ》の川長《かはおさ》

【出典】中院詠草・五〇、為家卿集・九、新後拾遺集・秋下・三八五

月光を浴びながら、棹《さお》さしかへして行き来する芝舟。その棹の雫にぬれる袖にも月の光が宿るので、月にすっかり馴れ親しんでいると見える、宇治川の船頭であるよ。

『中院詠草』は「船中月」題。下に「承久二年」とある。『為家卿集』によれば、「道助法親王家五十首」題で残る八首のうちの一首。勅撰集に入集《にっしゅう》するのはこの歌のみである。「道助法親王家五十首」は承久二年（一二二〇）十月の成立。承久の乱の前年である。作者は＊道助法親王以下二十二名で、為家は候補にはあがったけれど、結局その人数には入らなかった。おそらく五十首の題を父定家に教えてもらって、私的に習作したものと思われる。為家はこ

＊作者は—道助・公経・実氏・定家・雅経・家衡・家隆・保季・知家・定範・範宗・信実・行能・幸清・覚寛・

の年二十三歳。最も若いころの歌ということになる。

　初句「さしかへる」の「さし」は、「棹さす」意と、月の光が「射す」意を懸ける。また「かへる」は、渡し船が漕ぎ「帰る」意であるが、「袖」の縁語「翻《かへ》る」でもある。この歌は、宇治の大君《おおいぎみ》の薫《かおる》への返歌《へんか》＊「さしかへる宇治の川長《かはをさ》朝夕の雫や袖をくたしはつらむ」（源氏物語・橋姫）を本歌とし、「月になれたる」と歌うことによって、その世界を夜、月下《げっか》のこととして、歌は詠まれている。

　『源氏物語』のこの歌に拠《よ》る歌は、新古今時代以前にはない。後鳥羽院の「さしかへる宇治の川長いく秋か雫にやどる月は見ゆらむ」（後鳥羽院御集）や、定家の「さしかへる宇治の川長袖ぬれて雫のほかに払ふ白雪」（拾遺愚草員外）以後の流行である。『源氏』を歌人必読の書と推奨したのは、俊成であり定家であった。定家は青表紙本『源氏』も残している。それらを承《う》けて為家は、「宇治の川長」の表現を学び取り入れてこの歌を詠んだのである。

　『源氏物語』宇治十帖の世界は、宇治川の奔流する水音と霧深い山里として、読者たちの前にあった。この歌もその宇治川の豊かな水量と、月下を行き来する舟の船頭たちが主役として歌われている。

隆昭・経乗・家長・光経・孝継・秀能・俊孫の二十二名。

＊さしかへる宇治の川長……棹さして何度も行き来する宇治川の渡し守は、朝夕雫に袖を濡らして、すっかり朽ちさせていることでしょう。いつもここに住んでいる私の袖も、そのうちに涙で朽ち果ててしまうでしょう。

21

故郷《ふるさと》に思ひ出づとも知らせばや越《こ》えて重なる山の端《は》の月

【出典】中院詠草・一一二、為家卿集・四〇一、新後撰集・旅・五六五

旅先で今、「恋しく懐かしく思い出しているよ」とだけでも故郷に待っている人に、知らせてやりたいなあ。幾つも幾つも越えてきて、ふり返れば重なって見える、故郷の方角の西の山の端に、今しもかかって見える月に託《たく》して。

『中院詠草』は、「羇中《きちゅう》の月」題。「宝治元年八月十五夜、仙洞《せんとう》内々五首」と注記がある。宝治元年（一二四七）は、為家五十歳。「仙洞」は、『＊弁内侍《べんのないし》日記』や『＊葉黄記《ようこうき》』によれば、前太政大臣藤原実氏の常磐井殿《ときわいどの》。「内々五首」とは、そこで後嵯峨院主催の内々の和歌御会が催され、公相・公基・為家・実雄・通成・為経・為氏・為教・その他殿上人などが参加した五首題の歌会を指す。北山殿《きたやまどの》や吹田殿《すいたどの》などとともに、常磐井殿もしばしば後嵯峨院の御幸《ごこう》

＊弁内侍日記—幼い後深草天皇に仕えた弁内侍の女房日記。寛元四年（一二四六）正月から建長四年（一二五二）十月に及ぶ。

＊葉黄記—後嵯峨院の近臣、葉室定嗣の漢文日記。寛喜

先となり、そこでの会はすべて仙洞御会であった。

内容としてはいかにも歌い古された趣向のように見えるのだが、この歌のような詞続きの先行する作例は見出だせない。『詠歌一体』の中で為家は、「*詞なだらかに言い下し、清げなるは、姿のよきなり。…上手といふは、同じことを聞きよく続けなすなり」（歌の姿の事）と教え、細々とした注意を添えている。その教えを実践して見せたのがこの歌だ、と言ってよいような歌である。

「羇中」は旅の途中。下句の「超えて重なる山の端の月」の表現は、極めて巧妙に仕組まれている。逢坂《おうさか》の関を越えて東国《とうごく》に向かう旅がほとんどであった鎌倉時代、ふり返って見る都の方角は、とりもなおさず西の方角であり、その山の端に沈んでゆこうとしている月に、言づてを頼みたい心が、ごく自然に暗示されているからである。

『古今集』以後の歌における「旅」の本意は、日数《ひかず》の重なるままに、限りなく都を恋しく思う心が基本であった。空間を隔てた場所から見ても、空にかかっているのは同じ一つの「月」だから、その月を媒介にして、思いを交わし合うことができる、と誰しもが考えて、そう歌ったのである。

二年（一二三〇）十一月から宝治三年（一二四九）三月に及ぶ。

＊詞なだらかに……—表現がいかにも滑らかで穏やかに言い流し、さっぱりとして優雅であるのは、歌の風体（一首の歌として統一された全体の形）がよいということである。…上手というのは、同じことでも聞こえがよいように続けなす手腕をもつ人のことなのだ。

22

とまらじな雲のはたてに慕《した》ふとも天《あま》つ空なる秋の別《わか》れは

【出典】中院詠草・六一、為家卿集・六三四、続後拾遺集・秋下・四〇六

留まってはくれないだろうなあ、どんなに雲の果てまで慕って追いかけて行ったとしても、大空を遠くへ去って行く、秋という季節との別れというものは。

『中院詠草』は「九月尽《くがつじん》」題。下に「弘長元年八月、*草卒《そうそつ》百首当座」と注記する。為家六十四歳、円熟期の詠作である。「雲のはたて」は「雲の果て」。「*夕暮は雲のはたてに物ぞ思ふ天《あま》つ空なる人を恋ふとて」を本歌とし、恋の歌を秋の歌に取りなしている。為家の頃の本歌取《ほんかど》りの方法に照らしても、変化をもたせているので、十分に合格ラインを越えている。

下句の「天つ空なる秋の別れは」という表現は、空の上に季節との別れの

*八月―為家卿集は「草卒百首　四月尽日」と詠作月が異なる。

*夕暮れは雲のはたてに…―古今集・恋一・四八四・詠人知らず。夕方になると、雲の果てを眺めながら物思いにふけることだ。空の彼方《かなた》にいるようなあの貴いお

場があると想像する点において、『古今集』夏部最後の躬恒《みつね》の歌「*夏と秋と行きかふ空の通ひ路はかたへ涼しき風や吹くらむ」を意識しているであろう。

「三月尽」は、春の季節との別れ、「九月尽」は、秋の季節との別れで、それぞれの季節との別れを惜しむ心を歌うのが本意《ほんい》であった。『和漢朗詠集』には二つの題ともにあり、何首かの詩句と和歌が例示されている。「九月尽」の詩句の方はやや難解なので、「三月尽」の詩句の方を挙げてみると、

○*春ヲ留ムルニ春住《とど》マラズ、春帰ツテ人寂寞《じゃくまく》タリ（白楽天）。
○*惆悵《ちゅうちょう》ス春帰ツテ留ムレドモ得ザルコトヲ、紫藤《しとう》ノ花ノ下漸《ようや》クニ黄昏《こうこん》タリ（白楽天）。

ところで、為家歌の初句「とまらじな」は、父定家が「*とまらじな四方《よも》の時雨《しぐれ》の古里となりにし楢《なら》の霜の朽《く》ち葉は」と詠んだのが初めての作例。為家はそれに学んで使っているうちに、いつしか自分も愛用することになったようで、この歌を含め三首の歌に同じ表現を用いている。為家の独創句ではないけれども、定家の作例を取り込むようにして、発想のヒントを得ているのである。

方を恋い慕いながら、の意。

*夏と秋と行きかふ…—古今集・夏・一六八・躬恒。

*春ヲ留ムルニ春住マラズ…—春を引き留めようとしても留まらず、春は帰っていってしまうので、人は声もなく寂寞としている。

*惆悵ス春帰ツテ…—春が尽きようとするのを悲しんでも、春を引き留めることはできない。春の最後の花である紫の藤の花のあたりは、すでに三月尽日の黄昏の色が濃くなってきた。いよいよ春は去ってゆく。

*とまらじな四方の時雨の…—拾遺愚草・建保四年後鳥羽院百首中の一首。あたり一面時雨の降る古里となった奈良の地の、霜の置いた楢の朽葉は、いつまでも木の枝に止まってはいないだろうな。

23

さらでだにそれかと紛《まが》ふ山の端《は》の有明《ありあけ》の月に降れる白雪

【出典】弘長百首・雪、中院詠草・七七、続古今集・冬・六六八

そうでなくてさえ、地上を照らす月光を雪かと見まがえるものなのに、いま山の稜線のあたりにある有明月の薄明かりの中、本当にしんしんと白雪が降っているよ。

これも、為家六十四歳の時の作。『古今集』の雪を月の光に見立てた本歌「朝ぼらけ有明の月と見るまでに吉野の里に降れる白雪」*の発想を逆転して、空にかかり地上を照らす月光の白さと、実際に降る雪の白さを加えて、白一色の世界を描き出している。「さらでだに」は、「さあらでだに」。そういう在り方でなくてさえ、の意である。

中国の漢詩では、李白《りはく》が「牀前《しょうぜん》月光ヲ看《み》ル　疑フラクハ是レ地上ノ霜カ

*朝ぼらけ有明の月と…―古今集・冬・三三二・坂上是則。夜明けがた、有明の月がほのかに照っているのかと見まごうほどまでに、吉野の里に降り積もっている白雪であるよ。

ト」（静夜思《せいやし》）と、ベッドの前に射し込んできた月光を受けた大地の白さを、地上に降った霜と見紛《まが》えると歌った。西行は、「*曇りなき山にて海の月みれば島ぞ氷の絶え間なりける」と、月光に照らされた海面を敷き詰めた氷に見立てて、点在する島々を「氷の絶え間」と眺望している。この種の見立ては、漢詩にも和歌にも作例は随分と多い。為家の歌は、直接的にではないが、それら先行表現を意識し、かつ学びながら、白一色の歌の世界を創造したところに手柄があると言えよう。

最晩年に阿仏《あぶつ》とともに嵯峨に住んでいた為家のもとに、近くに住む飛鳥井《あすかい》雅有《まさあり》が通ってきて、『源氏物語』を受講しとおした。その『仏道の記』という作品にも、六甲山の中腹で座禅にはげむ僧たちの道場に足を運んだ雅有が、深夜、外の柴垣のあたりが白く見えたので、夜が明けたかと戸を押し開けて外に出て見ると、霜ふる夜の月光はことに清く、月下三千世界の眺望は眼前に氷を敷きつめたようだった。*しばらくするうちに、空から雪が降り始め、その光景はまるで空にかかる滝のようだった、と描写した文章がある。

この為家の歌は、ありふれた見立てではあるが、なだらかで耳に立つところもなく、しっとりと美しい。

*曇りなき山にて海の……山家集。詞書に「同じ国に、大師《だいし》のおはしましける御辺りの山に、庵結びて住みけるに、月いと明かくて、海の方曇りなく見えければ」とある。

*しばらくするうちに……本文は、「とばかりありて、やうやう明け行く空に横雲かきくれて、降り始めたる雪、ことに寂しさまさる心地して眺めゐたるに、高き嶺、険しき巌、（虫損）みあてたる雪の空より降り来る様、雲ゐに見ゆる滝と覚えたり」。

24

冬きては雪の底《そこ》なる高砂《たかさご》の松を友とぞいとど降《ふ》りぬる

【出典】中院詠草・七六、続拾遺集・冬・六五八

冬がくると雪の底に埋もれてしまう高砂《たかさご》の松、その老《ろう》松《しょう》を友として、私も頭に雪をいただきながら、いよいよ年をとってしまったなあ。

『中院詠草』「松雪」題。「嘉禎《かてい》元年」と注記がある。嘉禎元年（一二三五）は、為家三十八歳。右衛門督《かみ》の官にあり、この年正月二十三日には従《じゅ》二位に叙されて、官途《かんと》は順調そのものだった。ただ、この年の歌はほとんど残っていない。『明月記』によると、この年は色々なことがあった。よく知られたところでは、五月二十七日、定家は、為家の岳父《がくふ》宇都宮入道蓮生《れんしょう》に懇望《こんもう》されて、『*百人秀歌《ひゃくにんしゅうか》』の清書本と揮毫《きごう》した色紙形を嵯峨中院亭《ちゅういんてい》の蓮生の許《もと》に送って

*百人秀歌―百人一首の原型となった作品で、後鳥羽院・

いる。また、疱瘡《ほうそう》が大流行し、十月以降、為氏・為教《ためのり》・為子ら子供たちが相次いで病にかかり、長い間苦しんだ記事が見える。朝廷では疫病退散を祈って二十二社への奉幣《ほうへい》があり、為家は賀茂社への勅使をつとめた。丑《うし》の刻に帰宅すると、群盗《ぐんとう》が押し入ってきた。為家は幼児が疱瘡の高熱にうなされていると話すと、賊徒《ぞくと》も恐れをなして退散していったと、そんな嘘のような話が現実に起こった年であった。

さて「冬きては」は、先に見た「秋を経て」と同じく、何気ない言い回しのようでありながら、父定家がはじめて工夫した表現。為家はそれに学んで、生涯に八回も「冬きては」を使用した、お気に入りの表現であった。発想のヒントとなる証歌《しようか》として定家の作品を意識しつつ、繰り返し歌ったのである。また「雪の底なる」も、主《ぬし》ある詞《ことば》「露の底なる」に倣《なら》った新古今的な秀句表現で、「*下折《したを》れの音のみ杉のしるしにて雪の底なる三輪の山もと」という同時代の類歌《るいか》もあって、十分に目新しい表現であった。「松を友とぞ」は、「*誰《たれ》をかも知る人にせむ高砂の松も昔の友ならなくに」による趣向である。「ふりぬる」は、雪の縁で、「降り」に「旧《ふ》り」を掛けていて、十分に計算し尽くされた秀歌だといえる。

順徳院の歌がなく、代わりに一条院皇后宮・権中納言国信・権中納言長方の三人の歌があり、俊頼の歌は「うかりける」とは別の「山ざくら」の歌が採られている。合計一〇一首の秀歌撰。

*下折れの音のみ杉の…――続後撰集・冬・五一一・信実。

*誰をかも知る人にせむ…――古今集・雑上・九〇九・興風。老いさらばえた自分は、いったい誰を話し相手にしたらよいのだろうか。あの高砂の松だって、昔からの友人というわけでもないのに。

25

逢《あ》ふまでの恋ぞ祈《いの》りになりにける年月《としつき》ながき物思へとて

【出典】続後撰集・恋二、洞院摂政家百首・不遇恋

あの人に今一度逢いたい、逢えるまで生きていたいと切に思うこの恋の思いが、私の命を支える祈りになっている。逢えないままに長い年月、物思いをしながら過ごせと言わんばかりに。

貞永《じょうえい》元年（一二三二）九月、三十五歳の時の「洞院摂政家《とういんせっしょうけ》百首」の一首。この歌には、「*逢ふまでとせめて命の惜しければ恋こそ人の祈りなりけれ」と、「*玉の緒《を》の絶えてみじかき命もて年月《としつき》長き恋もするかな」の二首の歌が踏まえられている。

為家は『詠歌一体』で、「難題《なんだい》をばいかやうにも詠み続けむために、本歌にすがりて詠むこともあり。風情の廻《めぐ》り難《かた》からむことは、証歌《しょうか》を求めて詠ず

*逢ふまでとせめて命の……——後拾遺集・恋一・六四二・藤原頼宗。あの人に逢えるまではせめて生きたいとこの命がひどく惜しまれるので、恋とはまるで祈りのようなものだなあ。

べし」と説いた。「本歌」とともに密接に関連して「証歌」のことが説かれていることに注意すれば、これは本来の意味における「証拠となる歌」の意に解すべきであろう。為家のいう「証歌」とは「発想のヒントになった古歌」であり、この歌の場合最初に挙げた二首がそれだとする考え方もあるが、「証歌」とは古歌《こか》も新歌《しんか》も含めて「発想のヒントになった証《あか》しの歌」のことであろう。「*一字抄題」の最後の「証歌」も、『*連理秘抄《れんりひしょう》』の「証歌」も、『詠歌一体』の「証歌」も、みなその意味は同じである。

「恋ぞ祈りになりにける」は、為家の前後に同じ表現はない。その意味で、これは為家の全くの独創表現だと言える。実はこの歌、「恋ぞ命に」となっている本文も多く、「年月長き」の典拠とした貫之の歌に照らせば、むしろそちらが正しいと見られなくもない。しかし、詠作当初の「洞院摂政家百首」、また「続《しょく》後撰集」の信頼できるテキストによれば、「恋ぞ祈りに」で一定している。前者の頼宗《よりむね》の歌に拠《よ》ればなおさらに、為家の狙ったところは、「命」を通り越した「祈り」の形だったと見なければならない。いずれにしても、まだ逢ったことのない人を恋する「不遇《あはざる》恋」の題の本意《ほんい》は、この歌に見事に形象化され、しみじみと胸をうつ名歌の一つとなったのである。

*玉の緒の絶えてみじかき…―後撰集・恋二・六四六・貫之。すぐ絶えてしまうような命でもって、よくもこんなに長い年月にわたって恋をすることよ。

*一字抄題―和歌一字抄とも。平安後期、藤原清輔の歌題集成書。題詠の手引きとして利用された。

*連理秘抄―室町初期の二条良基の連歌論書。

26

おのづから逢ふを限りの命とて年月《としつき》ふるも涙なりけり

【出典】亀山殿五首歌合（不逢恋）。続古今和歌集・恋二・一〇七一

自ずからに逢うような機会があったら、それを限りに死んでもかまわない私の命です。でもそれまでは何としても生きていたいと思いつつ、長い年月を過ごしているにつけ、降るように止めどなく流れ落ちるのは涙ばかり、何とはかない恋であることか。

「亀山殿五首歌合」は、文永《ぶんえい》二年（一二六五）九月十三夜、嵯峨の亀山の麓《ふもと》、現在の天竜寺の地に造営した亀山殿で催された後嵯峨院主催の晴儀《せいぎ》歌合。この年十二月に『続《しょく》古今集』の撰集が完了する三箇月ほど前の、五首題（河月・野鹿・山紅葉・不逢恋・絶恋）による、後嵯峨院以下二十人の歌人を連ねた五十番の歌合で、この歌はその三十三番の右歌。左歌は右大臣（近衛基平、二十歳）の「*いとせめてつれなき中のなぞもかく思ひつきせぬ契りなる

*いとせめて……胸がしめつけられるように苦しいあなたのつれなさ、どうしてこんなに物思いの尽きることがない二人の仲なのでしょうか。

らん」であった。衆議判《しゆぎはん》の歌合であったが、判詞《はんし》の書記は、左方が真観《しんかん》（光《みつ》俊《とし》）、右方が融覚《ゆうかく》（為家）と二人が当たって、公平が期された。真観の判詞は、「左歌、「いとせめて」「なぞもかく」、優の詞にあらずと、入道民部卿（為家）・侍従中納言（為氏）、ことさらにこれを難じ申す。左方には、この両句は皆古今の詞なり、何ぞあながちに難《なん》となすべきや。「思ひ尽きせぬ契り」は殊に優美にこそ侍れと申し侍りしかば、叡慮《えいりよ》もさやうにこそ侍りしか。右歌、殊に宜しきの由《よし》沙汰ありて、「涙なりけり」に勝字をつけられにき」と懇切・雄弁である。為家と為氏の「優の詞にあらず」との主張は、語感を問題にしたもので、『古今集』の中に証歌があるか否かというレベルの問題ではない。*御子左《みこひだり》家の感覚の方が正統であると共感できるであろう。対して為家の判詞は、「左、よろしく聞こえ侍りしを、右の下句捨てがたしとて、勝ち侍りにける。いかがとぞ見給ふる」とあり、謙退がいささか過ぎていると見える。この番に限らず、真観が記した判詞は多弁かつ強引で、為家の寡黙《かもく》や必要以上の謙退とは対照的である。

この歌は、周知の古今集歌「*我が恋は行方もしらず果もなし逢ふを限りと思ふばかりぞ」を本歌とし、年月「経《ふ》るも」に涙の「降るも」を懸《か》けている。

*御子左家―03番歌に既出。俊成・定家・為家三代の間に勅撰集の撰者を輩出する歌の家としての名声を確立した。

*我が恋は……―古今集・恋二所収、躬恒の歌。

27

音無《な》しの滝の水上《みなかみ》人問《と》はば忍びにしほる袖や見せまし

【出典】宝治百首・寄滝恋、中院詠草・八五、続古今集・恋・一〇二五

音も立てずに流れ落ちる音無しの滝、その源流はどこから流れ出ているのかともしあの人がたずねたら、その人への秘めた恋ゆえに忍びに忍んで、人知れず涙に濡らし続けている私の袖を、「それはここです」といって見せようかしら。

宝治元年（一二四八）十一月に詠進し、翌年に及んで完成した、いわゆる『宝治百首』[*]の作品。この年、為家は五十歳である。

「音無しの滝」は、『枕草子』「滝は」の段の、最初に挙げられていて著名であるが、同名の滝は諸国にあって、歌枕《うたまくら》としての在り所は定まらない。音無川の滝だとすると、紀伊国の歌枕となろうか。しかし、必ずしも実在の滝を言うのではなく、譬喩《ひゆ》的に、「音がない滝」の意味で用いられているよ

＊宝治百首―続後撰集の撰集資料とするため後嵯峨院が召された百首。四十人の歌人が参加して宝治二年に完成した。

うでもある。水上は源流のこと。水上が忍んで音をたてない涙の川だから、下流の滝も「音無の滝」だ、との機知を利《き》かせているのである。「袖や見せまし」の「や…まし」は、実現不可能なことを仮想して迷いためらう、反実仮想の構文。見せようかしら。まさかそうも行くまいけれど。

「忍びにしほる袖」について、岩佐美代子氏は、「袖をしほる」という場合、「絞る」と解するのが一般的であるが、小西甚一*氏の「『しをり』の説」に従って「湿る」（びっしょりぬらす）とするのが適当だという。有名な元《もと》輔《すけ》の「契り*きなかたみに袖をしほりつつ」にしても、恋人同士「互いに袖を泣きぬらしながら」の方が、「互いにぬれた袖を絞りながら」よりはるかに風情があり、しかも現実性豊かであろうという。『日本国語大辞典』はこれに「霑」の字をあてて解していて、岩佐氏の最近の「『*しほり』考」ではそれを受け入れている。「絞る」では確かに非現実的で違和感が大きいことは事実で、私も右の説に賛同したい。実は小西説ならびに『岩波古語辞典』の仮名遣《かなづか》いは「しをる」に統一していて、「しほる」は「絞る」の語義のみを残していて明快である。

*小西甚一氏—「国文学言語と文芸」四十九号・昭和四十一年十一月。

*契りきなかたみに袖を……—後拾遺集・恋四・七七〇・清原元輔。百人一首にも。

*『しほり』考—岩佐美代子「和歌文学研究」第百二〇号。

28

三《み》日《か》月《づき》のわれて逢《あ》ひみし面《おも》影《かげ》の有《あり》明《あけ》までになりにけるかな

【出典】新撰六帖題和歌・日ごろ隔てたる、詠歌一体・隔日恋、玉葉集・恋二・一四八〇

三日月の頃、心が割れ砕けるほどに激しく思い悩んだ末に、ようやく逢うことができたあの人の面影は、まだ脳裏に焼き付いているものの、その後逢う機会もなく日が経って、月齢も有明までになってしまったなあ。

【語釈】○われて—強いて、無理にも、という意の副詞。三日月が「割れる」に懸ける。

寛元二年（一二四四）、『古今和歌六帖』の題を基本に若干《じゃっかん》アレンジした五二七題によって、新しい歌を詠作しようと思いたった為家は、前内大臣衣笠家《きぬがさいえ》良《よし》を主催者として戴《いただ》き、信実・真観・知家の三人にも勧めて、いわゆる『新撰六帖題和歌』を五人で詠み合い、互いに合点《がってん》をつけあった。父定家亡きあとの歌壇における、はじめての大きな催しであったが、その中の「日ごろ隔てたる」という恋の一題を詠んだ歌が、この一首である。時に、為家は、前

権大納言正二位で、四十七歳であった。

この歌の初二句《しよにく》「三日月のわれて」と連続する表現の背後には、『古今集』の「*宵の間《よひのま》に出でて入りぬる三日月のわれて物思ふ頃にもあるかな」がある。「三日月の」まで上三句《かみさんく》は、四句目「われて」を言い出すための序詞《じよことば》だと説かれるが、三日月が欠ける意の「割れる」と、心が千々に砕ける意の「割れる」との同音異義を利用して連続させたもので、この歌が『古今集』で誹諧歌《はいかいか》に入れられた理由もその点に求められる。

この歌の趣向は、それのみでなく、『伊勢物語』六九段「狩《かり》の使い」の物語を下敷きにしている点に、より大きな工夫の跡《あと》が認められる。すなわち伊勢の国に狩の使いとして派遣された昔男《むかしおとこ》を、斎宮《さいぐう》として神に仕えていた女が、親の言いつけで、特別に心をこめて手厚く世話をし始める。そして、二日の晩、男が「何としても逢いたい（われて逢はむ）」と言う。女もまた、そんなにかたく逢うまいとは思わなかったが、人目がうるさいので、結局逢うことができなかった。男は勅使《ちよくし》当人だから、遠い所には泊まってはいない。女は人が寝静まるのを待ち、夜中の十二時ごろ、男のもとに行った。男の方も寝られずにいたので、外を見やって横になって

*宵の間に出でて入りぬる…—古今集・巻十・雑体・詠者未詳の誹諧歌。夜早々に出てすぐに隠れてしまう三日月のように、心が割れ砕けるほどに激しく思いなやむ今日この頃であるよ。

いると、おぼろ月の下、女の童《めのわらわ》を先に立てて、女が立っている。嬉しくなって寝所《しんじょ》に誘い入れて、明け方の三時ごろまで一緒に過ごしたが、まだ何ごとも語らわぬうちに、女は帰っていってしまった。

とある部分。そして女からの歌とそれへの答歌、翌日の夜は国の守《かみ》主催の饗応《きょうおう》の酒宴があって、一晩中逢うことができず、「夜やうやう明けなむとするほどに」女とあわただしい連歌《れんが》の贈答をして、帰京の途につく、という物語である。本文中の男がいう「われて、あはむ」はそのままに、また「夜やうやう明けなむとするほど」を「有明までに」として取り入れ、三日月の縁の詞ともして、この物語の全体を背後に髣髴《ほうふつ》とさせている。

題の「日ごろ隔てたる」は、逢うことなく何日も隔てることになった恋の意。下句の「有明」は、月齢では二十日すぎの頃になる。月初めの三日月の頃から、いつの間にか二十日を過ぎるまで、逢うことなく時間が経過してしまったことが暗示されていて、題意《だいい》はごく自然に、そしてまた実に巧みに表現されているのである。

しかし、為家は、なぜかこの歌を建長三年（一二五一）十二月、自分が撰者となって後嵯峨院に奏覧《そうらん》した『続後撰集《しょくごせんしゅう》』に自撰することはしなかった。『新

*女からの歌と……女「君や来むわれや行きけむ思ほえず夢かうつつか寝てか覚めてか」、男「かきくらす心の闇にまどひにき夢うつつとは今宵さだめよ」。

撰六帖題和歌』のかなり型破りの歌風が、その後西園寺実氏などから不評を買ったような事情が関係していると見られるのであるが、しかし、この歌はやはり捨て難いと考えた為家は、自分の歌の中ではこの歌一首のみを、歌論書『詠歌一体』の中に取りあげた。冒頭さまざまに題詠の注意を説く中で、「詞《ことば》の字の題をば、心を廻《めぐ》らして詠むべしと申すめり。恋題などは様々《やうやう》に侍るめり」として、*四首例示する中の一首として「日を隔つる恋」の題を掲げ、この歌を例示している。心をまわして詠むべき題詠の手本として、さりげなく自分の歌を掲げているのである。

「詞の字」は、「てにをはに対して体言・用言などの概念のある語か」とか、「主として用言の類《たぐ》い」などと説かれているが、そうではなくて、これは種類としての漢語に対する「国語」のこと。つまり「訓よみにすることば」の意で、異名を説く中に出てくる「声の読みのもの」（音読することば）の対概念《ついがいねん》である。この場合「日を融つる」という訓の部分について、特に心を廻らして工夫しなければならない、といったのである。つまりその理想的な成果がこの一首だとの自負を示していることになる。

＊四首例示―他の三首は、「思ひきや榻《しぢ》のはしがきかきつめて百《もも》夜《よ》も同じ丸寝《まろね》せむとは」（俊成）、「津の国の生田の河に鳥もゐば身を限りとや思ひなりなむ」（寂蓮）、「わが恋は木曽の麻衣きたれども逢はねばいとど胸ぞ苦しき」（光俊）。

29

聞きてだに身こそ焦《こ》がるれ通《かよ》ふなる夢の直路《ただぢ》の千賀《ちか》の塩竈《しほがま》

【出典】風雅集・恋二・一一〇四

あなたから「今夜夢に見えましたよ」とお聞きしただけでこの身は燃え焦がれるほどに恋しい。私が通って来たとあなたが見た夢の中なら、脇目もふらずまっすぐに通ってゆける、千賀の塩竈のこの近道よ。

題詠がほとんどだった当時の恋歌《れんか》の中にあって、この歌は実際に阿仏《あぶつ》*との間に贈答された生《なま》の恋の歌であった。建長四年（一二五二）、為家五十五歳、老いらくの恋で、さぞや周囲の軋轢《あつれき》も大きかったことであろう。長い詞書が付いている。女のもとへ、近所まで来ている旨《むね》を知らせてやったところ、「ちょうど今夜夢にあなたがいらしたと見えましたよ、塩竈のしるし*――近くにおいでのしるしだったのですね」と申しましたので言ってやりました、とあ

＊阿仏―為家の後妻となった女性。阿仏尼と通称される「十六夜日記」の作者（?―一二八三）。

＊塩竈のしるし―山口女王歌により、「千賀の塩竈」に「近」をかけ、近くにいる意を引き出して示した。

る。「塩竈のしるし」には、「*わが思ふ心もしるく陸奥《みちのく》の千賀の塩竈近づきにけり」が踏まえられている。為家の消息「近きほどにある由」から、珍しい陸奥の歌枕「千賀の塩竈」を引き出した阿仏の才気《さいき》が偲《しの》ばれる。「千賀」に「近」を懸《か》け、「焦がる」は塩竈の縁語《えんご》である。

阿仏（安嘉門院四条）の返歌は、

　*身をこがす契りばかりかいたづらに思はぬ中の千賀の塩竈

この返歌には、「*陸奥の千賀の塩竈近ながら辛《から》きは人に逢はぬなりけり」という歌が踏まえられている。「千賀の塩竈」が、この贈答のキイワードなのである。

「千賀の塩竈」は古い歌枕であったが、勅撰集への登場は、為家の『続後撰集』が最初である。いささか耳に立つ語感がそうさせたのであろう。その『続後撰集』は、阿仏との関係が始まる直前に為家が撰者となって建長三年末に完成・奏覧した、最新の勅撰集であった。その中の歌をいち早く思いうかべて応酬《おうしゅう》した阿仏の才気に、年齢も忘れて為家が惚《ほ》れ込んだのも無理はなかった。

*わが思ふ心もしるく……—古今六帖・一七九七。続後撰集・恋三・八一二・山口女王。

*身をこがす契りばかりか……—「身こそ焦がるれ」などとうまいことをおっしゃいますが、私の方ばかりが身を焦がすようなご縁にすぎないのでしょうか、「千賀の塩竈」などとおっしゃるのは、近くまで来ていながら空しく帰ってしまう程度の、真心で思っても下さらない間柄なのですね。

*陸奥の千賀の塩竈……—続後撰集・恋二・七三八・読人しらず。陸奥の千賀の塩竈ではないが、つらいのは近くにいながら恋しい人に逢えないことだった。

30

玉《たま》津《つ》島《しま》あはれと見ずや我が方《かた》に吹き絶えぬべき和歌の浦《うら》風《かぜ》

【出典】玉葉集・雑五・二五三六

和歌の道をお守りくださる玉津島の明神も、かわいそうだと思ってはくださいませぬか。私の方角には、和歌浦の風が吹き絶えてしまいそうな、今のこの状況を。三代にわたって撰者を仰せつかってきた御《み》子左家《こひだりけ》の伝統も、私個人の面目も、全てが失われてしまいそうな今の有様です。

【語釈】○玉津島―和歌山市の和歌の浦にある小島。和歌の神として尊崇される玉津島明神が祀られていた。

詞書に、「続《しょく》古今集撰ばれ侍りける時、撰者あまた加へられ侍りて後、述《じゅっ》懐《かい》の歌の中によみ侍りける」とある。04番歌で見たように『続古今集』は、正元元年（一二五九）三月十六日、最初は為家一人が詔《しょう》を受けて撰集を始めたのであるが、遅延しているうちに、三年後の弘長二年（一二六二）九月に至り、藤原基家、藤原家良、藤原行家、藤原光俊（真観）の四人が新たに撰者に追加されたことがこの歌の背景にある。玉津島明神は、住吉《すみよし》明神とともに和歌の神として崇敬された紀伊国和歌浦《わかのうら》にある神社。その神に向かって、口惜しさをおさえ、静かに嘆きを訴えかけた歌である。この年為家は六十五歳の老境にあった。

真観は、定家の生前にその教えを受けた門弟であったが、その没後になると、嫡男為家から徐々に離反し、反御子左《はんみこひだり》派の中心となった人物である。文応《ぶんおう》元年（一二六〇）十二月、*将軍宗尊《むねたか》親王の歌道師範として招かれて関東に下り、押しの強い性格とあいまって急速に発言力を増しつつあった。

一方、為家の方は、ちょうど同じ頃の作品*『七社百首』の中に、自分と袂《たもと》を分かって異風をたて、宗尊親王に接近して勢威を増した真観の行動を寓《ぐう》し、憤懣やるかたない激しい感情を詠んだ歌が多く見える。為家自身の老いと病からくる悲哀や憂愁・自信喪失などの感情があふれた、述懐性の強い歌も多数ある。奉納百首としては、例のない歌々であった。

真観は、宗尊親王の威を背景として利用しつつ、ことごとに親王の仰《おお》せと称して後嵯峨院に強く働きかけ念願の撰者追加は実現したのであったが、為家のこの歌は、「七社百首」にあふれるそうした激情は押さえに押さえ、和歌の神玉津島明神に向かい、静かに嘆きを訴えかけていて涙を誘う。

*将軍宗尊親王―後嵯峨院の第一皇子。建長四年（一二五二）四月一日鎌倉に到着、征夷大将軍の宣下を受け鎌倉六代将軍に任じられた。

*七社百首―伊勢大神宮・石清水八幡宮・賀茂神社・春日神社・日吉神社・住吉神社・北野神社の七つの社に奉納した百首を集成した為家の作品。弘長元年（一二六一）正月の成立。

31 たらちねの親《おや》の諫《いさ》めの数々《かずかず》に思ひあはせて音《ね》をのみぞ泣く

【出典】新撰六帖題和歌・親、中院詠草・一二二、為家卿集・三四八、新後撰集・雑中・一三九一

父が生前に与えてくれた訓戒《くんかい》の数々、その時は何とも思わずに聞き流したことの一つ一つを、今それぞれの局面に立って思いあわせ、後悔とありがたさに、ただ声にだして泣くばかりである。

この形に落ち着く前の草稿では、「*たらちねの親の諫めは忘れねど跡だに踏まぬ敷島《しきしま》の道」であった。敷島の歌の道は奥深くて、まだ跡さえも踏むことができないという嘆きの歌であるが、そのあまりの直截《ちょくせつ》さを避け、広く父の訓戒に対するしみじみとした思いを歌って定稿《ていこう》としたのである。「親の諫めの数々に」と続ける詞続きは、為家のこの歌のみ。そうは見えないが、独創歌である。

【語釈】○たらちねの―「親」または「父‐母」にかかる枕詞。

*たらちねの親の諫めは忘れねど……―父が残してくれた訓戒の数々は決して忘れはしないけれど、敷島の歌の道は奥深くて、まだ跡さえ

父定家《さだいえ》が亡くなったのは、仁治《にんじ》二年（一二四一）八月二十日、八十歳。時に為家は四十四歳。御子左家の俊成以来の悲願であった権大納言への任官を、父の生前二月一日に辛《かろ》うじて実現することができ、得意の絶頂を経験するが、半年後に父に先立たれると、その喪失感《そうしつかん》は予想以上に大きかった。いろいろな局面で父がいてくれたらと思うこと再三だったはずで、対外的には否応《いやおう》なく歌道家《かどうけ》御子左家の後継を運命づけられ、模索を続けていた。

寛元元年（一二四三）十一月には、いち早く藤原信実が為家を判者《はんじゃ》に戴いて「河合社《ただすしゃ》歌合」を勧進《かんじん》、為家による歌壇の統一を計ろうとした。それと並行して為家自身も、衣笠家良を主催者に戴き、信実・真観・知家の三人に呼びかけて、五人による『新撰六帖題和歌』の詠作と相互合点を、翌二年にかけて実行した。大きな可能性を秘めた催しだったが、この歌は、その『新撰六帖題和歌』の一首。為家、四十七歳の実感を吐露した歌である。

為家は、寛元三年にも、この歌とよく似た「*たらちねの亡《な》からむ後の悲しさを思ひしよりもなほぞ恋しき」という一首を残している。偉大な父を亡くした喪失感は、想像を絶して大きかったのである。

も踏むことができないでいる。

*たらちねの亡からむ後の…――真観勧進「経裏《きょううら》百首」（寛元三年）のうちの一首。父の亡き後は悲しいであろうと何となく思っていたけれど、実際に亡くなってみると、予想していたよりもはるかに悲しく、また恋しくてならない。

32

背《そむ》きけむ親の諫《いさ》めの悲しきに晴《は》るるばかりの道を見せばや

【出典】中院詠草・一五四、為家卿集・一四二、新千載集・雑中・一九六四

若い頃、その時には意識しなかったのだけれど、今思えば父の訓戒に背いていたであろうことが、しみじみ悲しかったので、どうかして父の心が晴れ晴れするばかりの、歌道の隆盛を見せてさしあげたいものだ。

「日吉《ひえ》社法楽《ほうらく》　十禅師宮《じゅうぜんじのみや》」とある、嘉禄《かろく》元年（一二二五）の法楽《ほうらく》歌である。「法楽歌」というのは、神仏を楽しませるため、神社や仏閣に奉納する歌のことで、同じ時の「大宮」への法楽歌も残る。為家二十八歳。

この年為家は、三月二十一日に子供たちを引き連れて日吉社に参詣し、七日間参籠《さんろう》して帰京しているから、この法楽奉納和歌も、その時のものであった可能性が大きい。日吉社は、氏神《うじがみ》である奈良の春日神社の替りとして、頻

繁に参詣し諸事を祈った近場の氏神。特に参籠中の二十四日は十禅師宮（地蔵）の縁日であったから、おそらくその日を期《き》して、宝前《ほうぜん》に歌道の継承と隆盛を誓ったのだと思われる。「背きけむ」の「けむ」は、過去推量の助動詞。その時は意識しなかったけれど、今思えば背いていたであろうの意で、為家以外の用例はない。また下句「晴るるばかりの道を見せばや」も、前後を見渡しても見つからない独創表現。それだけに全てを自前で、実感をこめて日吉の神に祈念《きねん》をこらした機微が伝わってくる。

嘉禄元年は、歳末十二月二十二日に、為家の蔵人頭《くろうどのとう》への任官《にんかん》が実現した年であった。定家は、「六箇年来心肝《しんかん》を焦がしてきたが、今息子がこの恩に浴し、二十八歳にして蔵人頭に任官できたことは、*将相《しょうしょう》の家に生まれてなお幸運だ。もし主家の強力な推挙がなければ、どうしてこの望みを遂げることができたろうか。この深恩はとても筆端《ひったん》に尽くせない」と歓喜して感涙をぬぐい、翌年正月一日にも挨拶に訪れた為家の晴れ姿を見て感激し、「是れただ外家《がいけ》の余慶《よけい》なり」と書き収めている。「外家」とは「外戚《がいせき》の家」、母方の実家を意味する語で、定家の妻（為家母）の弟西園寺公経《きんつね》の家を指す。「余慶」はそのお陰という意で、強力な公経の推挙に感謝してやまなかったのである。

＊将相の家―「将相」は大将と宰相の意であるが、文脈から「羽林家」のことであろう。近衛の中少将を経て大中納言に至る、御子左家の家格である。

33

いかがして八十《やそぢ》の親の目の前に生きてかひある月をみせまし

【出典】中院詠草・一一八、為家卿集・三一三

どのようにしてでもいいから、八十路を迎えた我が父君定家の目の前に、ああ長生きした甲斐があったと喜んでいただけるような月を、そして私自身を見せてさしあげたいものだ。

仁治《にんじ》元年（一二四〇）九月十三夜、「入道前太政大臣公経家吹田《すいた》亭月十首」のうちの一首。父定家はこの年七十九歳、「やそぢ」とは、七十代後半から八十過ぎまでを指すことのできる便利な歌語《かご》で、定家は、その「やそぢ」にあった。すでに述べたように、公経は*西園寺家の当主で、実氏の父。定家・為家たちには主家《しゅか》に当たり、為家母の異母弟でもあって、公私すべての面において絶大な庇護を受けていた。同じ月十首会で為家は、「*心あらばあはれと

*西園寺家―藤原北家の閑院《かんいん》流から出た家で、通季《みちすえ》を始祖とする。通季の曾孫公経は親幕派の公卿として承久

見ずや秋の月また頼むべき影もなき身ぞ」と詠んで、あからさまに主家以外に頼むべき影（光）もないことを訴えていた。

この九月十三夜の「月十首」の催しは、従ってかなりうち解けた一家の連帯を確認できるような趣きの会だったのであろう。この歌では、老定家の生きているうちに、何としても父に喜んでもらえるような、「生きて甲斐ある月」を見せて上げたい、という為家の強い願望がストレートに歌われている。二句「八十の親の」も下句「生きてかひある月をみせまし」も、この歌にしか用例はない。為家だけの個別の事柄であるだけに、切実の度合いは大きかったはずである。

「生きて甲斐ある月」とは何か。俊成・定家・為家と続く、御子左家三代にとっての宿願は、初代長家（正二位権《ごん》大納言）と二代忠家（正二位大納言）の時以来絶えていた「大納言」と兼官《けんかん》「民部卿」の官に復することにあった。そんな中で、為家が宿願の権大納言に任官することが出来たのは、仁治二年二月一日。この歌はその前に遡《さかのぼ》ること五箇月足らずの時点で詠まれたもので、まだ未定の願望を歌っていた。それが、定家の亡くなる二年八月二十日以前に、全てが為家の思い描いた通りに実現したのだった。

の乱後の朝廷において権勢をふるい、公経が北山に造営した西園寺を家名とした。公経の子実氏が幕府から「関東申次《もうしつぎ》」に指名されて以後、鎌倉時代を通じてその地位を世襲し、皇室の外戚ともなって勢威を誇った。

＊心あらばあはれと見ずや…心があるならああかわいそうだと見てはくれないか、秋の月よ、私にはまたほかに頼るべきかげもないのだ。

34

言《こと》の葉《は》のかはらぬ松の藤波《ふぢなみ》にまた立ち返る春《はる》を見せばや

【出典】続拾遺集・雑春・五二八

祖父俊成と父定家が言葉として表明された、御子左家の官位回復の願望と子孫への期待は変わることなく、松に掛かる藤波のように、私の代においてもまた立ち返る春のような盛時を見せてさしあげたいものであります。

【語釈】○藤波―松の梢にかかる藤の花に、藤原氏の繁栄を予祝するのは、藤原に属する貴族たちの願望であった。

『続《しょく》拾遺集』の撰者は為家の息男《そくなん》為氏であったが、その雑春の部、為家歌とその直前には、次の歌々が並んでいる。

五社に百首歌よみてたてまつりける頃、夢の告《つげ》あらたなる由記し侍るとて書き添へ侍りける　皇太后宮大夫俊成

春日山谷の松とは朽《く》ちぬとも木末《こずゑ》にかへれ北の藤波

その後年をへてこの傍らに書き付け侍りける　前中納言定家

立ち返る春を見せばや藤波は昔ばかりの梢ならねど
　同じく書き添え侍りける　　前大納言為家

（当該歌）

第一首目は、俊成が文治《ぶんじ》六年（一一九〇）の『五社百首』に、伊勢神宮の神官*荒木田氏良《あらきだうじよし》の見た霊夢《れいむ》「只見ル明月ノ影」の顚末《てんまつ》を詳しく記し、「春日社百首」の巻末に詠んだ「春日山」の歌を、巻頭扉にも散《ち》らし書《が》きに書付けたもの。私の身は春日山の谷底の松のように朽ち果ててしまっても、子孫は山上の松の梢にかかって咲く藤の花のように、藤原北家御子左家の昔の繁栄に帰ってくれよという。御子左家の官位回復の宿願を、定家以下の子孫たちに期待し続けたのである。その後長い年月がたって、定家が権中納言になった貞永元年（一二三二）正月晦日《みそか》の直後に、その「春日山」歌の傍《かたわ》らに二首目「立ち返る」の歌を書き添えた。こうお書きになった父君に、新春のようなわが身の立身の様《さま》を見せてあげたいものです。ただ祖先と同じ権大納言にはまだ少し届きませんが、と。そして、俊成と定家の散し書きの余白に書き付けたのが、「言の葉の変らぬ松の」の為家のこの歌だったのである。

親子三代の願望が記念碑のように並べられた歌群《かぐん》はきわめて珍らしい。

＊荒木田氏良―伊勢神宮内宮の神官。俊成の「五社百首」のうちの一つは伊勢の内宮へ奉納された。

35

老《お》いらくの親のみる世と祈《いの》りこし我があらましを神や承《う》けけむ

【出典】続後撰集・神祇・五七三

年老いた父定家が、まだ世にあるうちに、父を超える官職であり、家の極官《ごっかん》でもある大納言への任官を実現したいと祈ってきた私の念願を、日吉《ひえ》の神は納受してくださったのでしょうか。願望をそのままに実現してくださったことに、心からなる感謝を捧げます。

詞書には、「大納言になりて喜び申しに、日吉《ひえ》社に参りてよみ侍りし」とある。為家の任《にん》権大納言は、四十四歳の仁治二年（一二四一）二月一日。その直後に願ほどきの拝賀のために、氏神である日吉社に参詣した折の歌である。*後年の為氏の証言によれば、この時、正四位下近衛《このえ》中将の官にあった嫡男為氏を伴っての、美々《びび》しくも晴れやかな社参であった。

為家は、仁治二年十月九日の東大寺の学僧宗性《そうしょう》に誂《あつら》えて草した定家四十

*後年の為氏の証言―『民経記《みんけいき》』文永四年二月二十三日の条に、為氏任権大納言に伴う日吉社拝賀の記事がある。子息為世中将が扈従《こしょう》した詳細な拝賀の次第が記さ

九日表白文の後半部に、次のようにも述べている。

　爰《ここ》に大施主《だいせしゅ》亜相殿下《あしょうでんか》、累葉《るいよう》の遺塵《いじん》を伝へ、光花《こうげ》を家門《かもん》に恣《ほし》きままにす。値《あ》ひ難きは明時《めいじ》なり、忝《かたじけ》なくも忠直《ちゅうちょく》を賢王聖主《けんおうせいしゅ》五代の朝《ちょう》に抽《ぬき》んず。興《おこ》し難きは家門なり、再び官禄《かんろく》を長家・忠家嚢祖《のうそ》の跡に継げり。

　為家半生の総括として強調されるのは、御子左《みこひだり》家代々の遺風《いふう》に光と花を副《そ》えたこと。その具体的ありようは、一つには、賢王聖主《けんおうせいしゅ》五代の朝（後鳥羽・土御門・順徳・後堀河・四条）に格別な忠義を尽くしてきたこと。二つには、官職と俸禄《ほうろく》において、長家・忠家先祖二代の跡を再び継いだことであった。祖先以来の大納言への任官を果たし、興《おこ》しがたい家門を興しえたことが、為家の大きな誉《ほま》れであり誇りであった。

　また仁治二年のその春のうちに、主家西園寺公経の北山第《きたやまだい》で行われた十首和歌会の「花を翫《もてあそ》ぶ」題の一首として、「知るやいかに我が身の春ぞ山桜おのが盛りと花は咲けども」と、今を盛りに咲き誇る桜に向かって「我が身の春ぞ」と嘯《うそぶ》き、春を謳歌《おうか》する高揚した気息《きそく》の中に、宿願を果たしえた限りない満足が表明されている。もとよりそれはこの任官を強力に推し進めてくれた主家西園寺家の計らいに対する、感謝の表明に他ならなかった。

れていて、「父禅門亜相《あしょう》（為家）拝賀の御時此《かく》の如し。その時我れ中将として扈従の由、新亜相昨日仙洞に於いて相談《あひだん》じき。自愛の日の祈りの至りか、尤《もっと》も然《しか》るべし」とあり、三代にわたる拝賀の仕来たりが判る。

36

今日《けふ》までも憂《う》きは身にそふさがなれば三年《みとせ》の露《つゆ》のかわく間《ま》ぞなき

【出典】中院詠草・一二〇、為家卿集・三三九、続古今集・哀傷・一四二〇

父が亡くなってから今日に至るまで、辛く悲しいことは我が身に添う性（さが）として過ごしてきた、この嵯峨の家ですから三年の間、白露とともに涙にぬれた私の袖は乾く間とてもありませんでした。

『中院詠草』に、「寛元元年秋の頃、父の第三年遠忌《おんき》に当たれるに、入道前太政大臣家、時に前右大臣より」、『続古今集《しよくこきんしゆう》』に、「前中納言定家身まかりて後、第三年の仏事嵯峨の家にてし侍りけるにつかはしける」と詞書して、「今日といへば秋のさがなる白露もさらにや人の袖ぬらすらむ」*とある西園寺実氏《さねうじ》の贈歌《ぞうか》に返した歌。定家の忌日《きにち》は八月二十日。前太政大臣はその実氏で、五十歳。為家は四十六歳であった。主家の人ではあるが、為家とは従兄

【語釈】○さが（性）─性質・習性の意味だが、為家が住む「嵯峨《さが》」との懸詞になっている。

＊今日といへば秋のさがなる……─続古今集・哀傷・一四一九・実氏。

弟同士という縁戚関係にもあり、年齢も近く、為家が最も親近《しんきん》して諸事を相談できた権門《けんもん》の庇護者。二人の親交は終生に及んだ。

さて実氏の贈歌は、今日八月二十日といえば秋の特性の白露ではありますが、三年目ともなれば更に繁《しげ》くあなたの袖をぬらしていることでしょう、と喪主《もしゅ》への思いやりを見せ、静かに労《いた》わっている。それに対して為家は、「性《さが》―嵯峨―露（涙）」の技巧を、素直に受け入れて返歌《へんか》している。

実氏は、後嵯峨天皇内裏にいち早く入内させた我が娘大宮院姞子《おおみやいんよしこ》が生んだ第一皇子が四歳の幼帝後深草《ごふかくさ》天皇として即位、寛元四年（一二四六）太政大臣に任じられて以降、天皇家の外戚《がいせき》、臣下の第一として政治に深く関わった。その実氏の他に、この前後為家に歌を贈り為家からも返歌した歌人に、後鳥羽院下野《しもつけ》・覚寛《かくかん》法印・西園寺公経《きんつね》の三人がいる。下野は、『新古今集』の時の和歌所開闔《かいこう》（事務長）＊源家長《いえなが》の妻で、定家と夫妻ともに親交を持った人物。為家も日吉社参籠中にこの夫妻と交歓《こうかん》したことがあった。公経は実氏の父で、定家妻の異母弟。承久の乱前後の難局を切り抜け、親幕派公卿として権勢をふるい、この遠忌の一年後の寛元二年八月二十九日に歿《ぼっ》した。覚寛は仁和寺の僧で、道助法親王関係の諸事の相談にしばしば定家邸を訪ねている。

＊源家長―醍醐源氏源時長の男（？―一二三四）。新古今集の時の和歌所開闔となり、後鳥羽院歌壇の動向を「源家長日記」に書き残した。

37

数《かぞ》ふれば残る弥生《やよひ》もあるものを我が身の春に今日《けふ》別れぬる

【出典】中院詠草・一四三、為家卿集・四九五、続拾遺集・雑春・四八三

指折り数えてみると、季節の春には、まだ弥生という月が残っているというのに、今日二月晦日《みそか》の日に、私は出家を遂げ、我が身の春に別れを告げたのでした。

『中院詠草』の詞書に、「康元《こうげん》元年二月晦日《つごもり》ころ、病に患《わづら》ひて、官《つかさ》奉りて、次の日頭《かしら》おろすとて」とある。建長八年（三弄）十月六日に改元されて康元の年号となった。だから、正確にいえば、「建長八年二月晦日ころ」とあるべきところを、その年の最初から新年号に変わっていたかのように表示したもの。「晦日ころ」は「月末のころ」の意。この年二月は小の月で、最後の日は二十九日。「晦日ころ」とあり、「次の日」とあるので、二十八日に前

権大納言正二位民部卿の官を辞し、区切りをつけて、最後の日二十九日に出《しゅっ》家《け》を遂《と》げたということであろう。五十九歳であった。「病に患ひて」というのがどんな病気だったのかは分からないが、出家の功徳《くどく》によって、間もなく回復に向かったものと見える。

「我が身の春」は、官界《かんかい》に栄えていた得意の時代。そして為家は、この歌の下句に「*いにしへに我が身の春は別れにき何か弥生《やよい》の暮れは哀《かな》しき」という基氏《もとうじ》の歌の表現を取り込んで歌っている。ずっと昔に我が身の春には別れてしまっているのに、人が春の季節との別れを悲しむ弥生の暮れは、どうしてこんなに悲しいのか、と訝《いぶかし》む趣きの歌である。

基氏は、持明院基家《じみょういんもといえ》の男《なん》。建暦二年（一二一二）生まれ。参議正三位に至ったが、天福《てんぷく》二年（一二三四）八月六日に、後堀河《ごほりかわ》院が二十三歳の若さで崩御《ほうぎょ》。その生母北白川院陳子《きたしらかわいんのぶこ》は、基氏の姉だったので、基氏は院の崩御に殉《じゅん》じ、十一月十七日の百箇日の日を期して、二十四歳の若さで出家した。十五歳年長であった為家は、この歌を含めて三首の基氏詠を、自分が撰者となって編纂していた『続後撰集』に入集《にっしゅう》させて遇している。若くして「我が身の春」を捨てた基氏の、その時の心境を、為家は今しみじみと追体験したことであろう。

＊いにしへに我が身の…―続後撰集・雑上・一〇四八・園《その》基氏。

38

伝《つた》へくる庭《には》の訓《をし》への方《かた》ばかり跡《あと》あるにだになほ迷《まよ》ひつつ

【出典】弘長百首・述懐、中院詠草・一四六、新拾遺集・雑中・一七七五

父祖の代から伝えてきて今日に至った歌道の庭訓に関することほどに、拠るべき先例や故実がある場合ですら、なお後継者としての私は、自信なく迷い迷いしている。

弘長元年（一二六一）は、為家六十四歳。「庭の訓へ」は「庭訓《ていきん》」を訓読した中世語。家に代々伝えてきた親の教えである。為家は他にも「庭の訓へ」を、「*さらでだに大和言《やまとこと》の葉跡もなき庭の訓へに茂る夏草」「*見し秋の庭の訓へは跡ふりて頼む道だにえやは残らむ」と詠んでいる。「茂る夏草」は荒廃の様《さま》であり、「頼む道だにえやは残らむ」は、廃《すた》れてしまいそうな状況にあることの喩《たと》え。最晩年のこの期《ご》に及んで為家は、勅撰の

*さらでだに大和言の葉……―文永五年「徒然《つれづれ》百首」の内の一首。

*見し秋の庭の訓へは……―文永七年閏九月「続五十首　太秦《うずまさ》」の内の一首。

家の三代目としての重圧にあえぎ、必死に庭訓を守り通そうとしていたのである。「方ばかり」は、その方面のことほどに。連用修飾語として、「跡ある」にかかる。「形ばかり」の意の謙辞と見るのは、ややずれるであろう。

この歌を載せる『弘長百首』について、頓阿《とんな》の『井蛙抄《せいあしょう》』は、清撰七人に仰せられたので「七玉集」の異称があると紹介した後、「常盤井《ときはゐ》入道相国《しゃうこく》（実氏）老後の晴《はれ》の歌也。「心ノ及ブ所執《しふ》シテヨムベシ。唐尾《からお》トリタル馬ニ唐《から》鞍《くら》オキテ、百疋《ひゃっぴき》引キタテタル様《やう》ニ詠ズベシ」と申されけり。誠に歌毎《ごと》に公《おほや》けしく、たけたかく、麗しき体《てい》なり。当家二代（為家・為氏）の歌も、この御百首殊なる規模なり。百首は是を本にて詠ずべし。さては衣笠《きぬがさ》前内府（家良）の歌、殊勝なり。多く勅撰中に在りと云々」（巻六・雑談）と誉めている。実氏の歌は老後の晴の歌で、何よりも執《しゅう》して詠む姿勢が大事だ。「唐尾トリタル」以下は、朝廷の儀式における出行列の様子に準《なぞら》えた譬喩《ひゆ》表現で、唐尾を結った馬に唐鞍を置いて飾り立てた馬を百匹引いて立ち並ばせたように、格調高く端麗《たんれい》に詠まねばならないという意。為家と為氏の歌も格別であって、長《た》け高く端正な歌が多いし、家良の歌も殊勝である。すべて百首は、この「七玉集」を手本として詠むべきだと絶賛して止まなかった。

【補注】弘長百首は、特に二条派の門流にあっては、最も規範とすべき作品として尊重された。総歌数七〇〇首のうち、『続古今集』以下の勅撰集に実に一八五首、二十六％もの歌が採られている。為家の百首についても、半数に近い四十六首が勅撰集に採られていて、為家作品の一大供給源となっている。

39

和《わ》歌《か》の浦《うら》に老《お》いずはいかで藻塩草浪《もしおくさなみ》のしわざもかき集めまし

【出典】弘長百首・述懐、中院詠草一四七、続拾遺集・雑上・一一五六

和歌の浦に生えなかったなら、どうして様々な海藻《かいそう》を、波の打ち寄せた結果としてでも掻《か》き集めることができたであろうか。そのように私も、和歌の道に長く携わって年老いることがなかったなら、多くの歌人たちの詠草《えいそう》を書き集めることはできなかったであろう。勅撰集の撰者に再び任命されて、何とありがたく喜ばしいことか。

【語釈】○和歌の浦―歌枕としては紀伊国の和歌の神玉津島明神のある和歌の浦。和歌の道の比喩としても使われた。○藻塩草―海岸によせる海藻の類。ここでは和歌の詠草の意。下の「かき集め」はその縁語。

この歌も、前歌と同じ『弘長百首』「述懐」題二首の内。「ずは…まし」の反実仮想構文の歌である。そしてこの歌は、『古今集』の敏行《としゆき》の歌*「老いぬとてなどか我が身をせめぎけむ老いずは今日に逢はましものか」の、下句の発想に拠《よ》っている。年をとらなかったら今日のようなすばらしい催しに出逢うことはなかったであろうというのである。詞書には「同じ宇多《うだ》天皇の御代《みよ》に、清涼殿の殿上《てんじやう》の間《ま》で、殿上人たちに御酒《みき》を賜って、管絃《かんげん》の遊びをなさ

った時に、詠んで献上した歌」とあり、年とったからこそ、天皇から御酒を頂戴し管絃の遊びに参加する場に身を置くことをえた幸せに逢うことができたという、そのことへの感謝の思いが一首の眼目《がんもく》になっている。キーワードは、「老いずはいかで」である。

為家歌の場合はどうか。04番歌では、正元元年（一二五九）三月十六日に十番目の『続《しょく》後撰集』撰者を拝命したのに続き、同じ後嵯峨院の治世下に、わずか七年を隔てて、次の『続古今集』の撰者までも拝命することになったことに伴う喜びが表明されていた。しかし、為家はすぐには撰集に集中できなかったようで、二年後「弘長百首」の詠進《えいしん》を命じられた今になっても、選ぶべき歌が払底《ふってい》して乏しいというような歎《なげ》きをもらしていて、撰集の方はあまりはかどってはいなかったらしい。けれども、清撰七人の歌人たちだけに命じて、今度の勅撰集を飾る秀歌を得ることを目的とした「弘長百首」が召《め》されたのだから、撰者にとっては願ってもない幸いであった。

為家は、和歌の道に携《たずさ》わり続け長生きしたからこそ、再度勅撰集の撰者に任命され、何とありがたく喜ばしいことか、と素直にその喜びをこの歌によって吐露《とろ》したのである。

＊老いぬとてなどか我が身を……―古今集・雑上・九〇三・敏行。

40

あはれなど同じ煙《けぶり》に立ちそはで残る思ひの身を焦《こ》がすらむ

【出典】中院詠草・一二三、続古今集・哀傷・一四六一

ああ、どうして、最愛の娘を焼くおなじ火葬の煙となってしまわないで、あとに取り残された辛《つら》い悲嘆の思いに、老残《ろうざん》のこの身を焼き焦がさねばならないのであろう。

『中院詠草』に、「大納言典侍《すけ》身まかりての頃」と詞書がある。大納言典侍は、為家の長女為子《ためこ》。幼いころから定家に鍾愛《しょうあい》された孫姫《ひこひめ》で、折々に定家から自筆の三代集と『伊勢物語』が与えられた。期待にこたえ彼女は、成長して後嵯峨宮廷に出仕《しゅっし》、十三歳の寛元三年（一二四五）二月、為子の呼び名で典《ないしの》侍《すけ》に補された。十八歳の建長二年（一二五〇）十二月前後に一歳年少の九条左大臣道良《みちよし》と結婚、宮仕《みやづか》えを退いて一女九条左大臣の女《じょ》を儲けた。正元元年

【語釈】○あはれなど―「など」は「なぜ」と同じ疑問詞。○立ちそはで―立ち添わないで。「で」は打消しの助動詞「ず」に接続助詞「て」がついた「ずて」が一語化した形。

（一二五九）十一月、夫に先立たれて寡婦《かふ》となり、再度後嵯峨院に出仕したが、弘長三年（一二六三）七月十三日、三十一歳の若さで亡くなってしまった。

為子は、為家が「掌中《しょうちゅう》の玉」と愛《いつく》しんだ最愛の娘であり、その死は惜しんでも余りある痛恨事であった。「煙」「立ち」は縁語。「思ひ」の「火」と「焦がす」も縁語である。

「同じ煙に立ちそはで」「身を焦がすらむ」という表現には、『源氏物語』桐壺巻の桐壺更衣《こうい》葬送《そうそう》の場面で、老母が見せる悲嘆、「母北の方、同じ煙にのぼりなむと泣き焦がれ給ひて」が重ねられて、生《なま》の感情だけではない、普遍化された「悲しみ」も感じられる。

『中院詠草』に為家は、この歌に続けて「人の弔《とぶら》ひて侍りし時」という詞書で*「問はれても言の葉もなき悲しさを答へ顔にも散る涙かな」を自撰して収めている。

従来知られていたのは、この二首を含む五首の歌でしかなかったが、最近冷泉家時雨亭《しぐれてい》文庫の秘庫《ひこ》の中から、総計二一八首の歌からなる、為家の服喪《ふくも》期間中の痛切な哀傷《あいしょう》歌集『*秋思歌《あきのおもいのうた》』が発見されて、深い悲しみの全容が明らかとなった。

*問はれても言の葉もなき…—弔問を受けても、応対のことばもないほど深い悲しみに沈んでいる私にかわって、いかにも答え顔をして、あふれては散る涙であることよ。

*秋思歌—岩佐美代子『秋思歌　秋夢集　新注』（新注和歌文学叢書3、青簡舎、二〇〇八年六月）がある。

41

まだ知らぬ空《そら》の光に降る花は御法《みのり》の雨のはじめなるらし

【出典】中院詠草・一五八、為家卿集・三九二、続後拾遺集・釈教・一二八〇

仏が眉間白毫相《みけんびゃくごうそう》より放ち給う、まだ見たこともない光の中に降る曼陀羅華《まんだらげ》・曼珠沙華《まんじゅしゃげ》等の天界の花は、仏世尊《せそん》が大法《だいほう》を説き、大法の雨を雨降らせるはじめであるらしい。

【語釈】○御法―法華経を指す。

『中院詠草』に、「法華経序品《ほけきょうじょぼん》　欲説大法　雨大法雨」と題が示され、「寛元四年、前但馬守《たじまのかみ》家長朝臣十三年結縁経」と注記がある。寛元四年（一二四六）は、為家四十九歳。『続《しょく》後拾遺集』の詞書は間違って家長自身の勧進《かんじん》としているが、文暦《ぶんりゃく》元年（一二三四）に没した家長十三年の結縁経《けちえんきょう》歌は、おそらくその妻であった後鳥羽院下野《しもつけ》か嫡男最智《さいち》の勧進になるものだったであろう。

「法華経序品」は、法華経二十八品《ぼん》の開巻第一。後文に見るとおり、「空

の光」は、仏世尊が眉間《みけん》の*白毫相《びゃくごうそう》から発する光。「降る花」は、曼荼羅華・曼珠沙華などの天界の花。「御法の雨」は、仏法のあまねき利益を地上の万物を潤す雨に喩《たと》えたことばで、法雨《のりのあめ》のことである。

「法華経序品」の本文に、「その時世尊は、四衆に囲繞《いにょう》せられて供養せられ恭敬《くぎょう》せられ尊重せられ讃嘆せられしをもって、諸《もろもろ》の菩薩《ぼさつ》の為に大乗経の無量義・菩薩を教える法・仏に護念せらるるものと名づけるを説きたもう。仏はこの経を説き已《おわ》って*結跏趺坐《けっかふざ》し、無量義処三昧《むりょうぎしょさんまい》に入りて、身心動じたまわざりき。この時、天は曼陀羅華《まんだらげ》・摩訶《まか》曼陀羅華・曼珠沙華《まんじゅしゃげ》・摩訶曼珠沙華を雨ふらして仏の上及び諸の大衆に散じ、（中略）その時、仏は眉間白毫相より光を放ちて東方万八千の世界を照らしたもうに、（中略）今、仏世尊は大法を説き、大法の雨を雨降らし、大法の螺《ら》を吹き、大法の鼓《こ》を撃ち、大法の義を演《の》べんと欲するならん」とある。題はこの最後の部分を指している。「無量義経」を説き終わった世尊が、これから「妙法蓮華経」を説きはじめようとされた、その時の前兆として、天が天界の花々を雨降らし、仏は眉間白毫相より光を放って東方を照らしたまうた奇瑞《きずい》が語られる。「大法」は「法華経」のことであり、その序品の肝要のことが歌われている。

*白毫相―「白毫」は仏の眉間にある白い旋毛のかたまり。仏が備える三十二相の一。

*結跏趺坐―座禅する時、左右の足の甲を組んで、左右の脛の上に置く座法。

42

主《ぬし》しらで紅葉《もみぢ》は折らじ白波《しらなみ》の立田《たつた》の山のおなじ名も憂《う》し

【出典】中院詠草・一六二、為家卿集・五八七

持ち主のわからない立田山の紅葉を折りとって盗むことはすまい。白波の立つ立田山の、その白波が意味する盗人という汚名《おめい》をうけることになるのもいやだから。

『中院詠草』に「不偸盗戒《ふちゆうとうかい》」題で載る歌。「正嘉《しようか》二年、前参議忠定結縁経五首勧進」と注記がある。忠定の三回忌（十月二十五日）における五首和歌会での作品。誰の勧進だったかは不明。忠定は、定家と親交があり、建長五年（一二五三）定家十三年忌に為家が一品《いつぽんきようか》経歌を依頼した人物の一人である。正嘉二年（一二五八）は、為家、六十一歳。

「不偸盗戒」は、他人の財物を取ること、すなわち盗みをしてはいけない

【語釈】○白波の―「寄る」「返る」「立つ」などに懸かる枕詞。ここは「立田山」の「立つ」を引き出すとともに、「白波」で盗賊を意味させた。

という仏教の戒《いまし》め。在俗信者が保つべき五つの戒をいう「五戒《ごかい》」の一つで、五戒とは、不殺生＝生きもの、生命あるものを殺してはならない、不偸盗《ふちゆうとう》（省略）、不邪淫《ふじやいん》＝淫《みだ》らな性行為をしてはならない、不妄語《ふもうご》＝嘘いつわりを言ってはならない、不飲酒＝酒を飲んではいけない、の五つの戒めである。「白波《しらなみ》」は盗賊のこと。後漢《ごかん》末、黄巾賊《こうきんぞく》が西河《さいが》の白波谷《はくばこく》に隠れて略奪を働いたのを、時の人が「白波賊《はくばぞく》」と呼んだという『後漢書《ごかんじよ》』の故事から、「白《はく》波《ば》」を訓読して成立した中世語である。

この前参議忠定結縁経五首の「法華経序品」題の歌に、「世にしらぬ今の*光をたづねずは昔をさして誰《たれ》こたへまし」がある。この歌は、世に知られていない今の仏釈《しやくそん》尊が放ちたまう光明を尋ねなかったなら、過去世における妙《みようこう》光法師、さらには日月燈明仏《にちげつとうみようぶつ》の教えを、いったい誰がそれと答えられようか、の意。法華経序品《じよぼん》末尾の偈《げ》に、過去世において、日月燈明仏が法華経を説き、妙光法師がその教えを引き継いだこと、妙光法師とは今の我が身釈《しやくそん》尊である、と述べられている内容を詠んだ歌である。仏教教義は難解で一見縁遠い感じはするが、*簡便な教義解説の類があって比較的容易に内容に到達できる道はあったのである。

*世にしらぬ…―藤原為家全歌集三三一八。為家卿集五八六。

*簡便な教義解説の類―たとえば藤原忠通の「田多民治《ただみち》集」の一六八から一九七番に、近衛院に法華経の心を教えるために詠んだ歌があり、法華経各品の偈《げ》に即した歌を詠み、その簡単な解説を付している。

43

五十鈴川《いすずがわ》神代《かみよ》の鏡影《かがみかげ》とめて今も曇《くも》らぬ秋の夜《よ》の月

【出典】光明峰寺入道摂政家名所月歌合、続後撰集・神祇・五三六

伊勢内宮《ないくう》の境内を流れる五十鈴川の川面《かわも》に、神代から伝わった伊勢皇大神宮のご神体である御鏡そのままに、円満具足の形を留めて、今に至っても曇ることのない姿を映している、秋の夜の月よ。ああ何と尊いことか。

【語釈】○五十鈴川―伊勢内宮の神域を流れる清流。御裳濯川とも。

為家三十五歳の貞永《じょうえい》元年（一二三二）八月十五夜の名所月歌合《うたあわせ》での作。神代から、天孫降臨《てんそんこうりん》を経て、伊勢神宮のご神体となった真ん丸の鏡を満月の正円《しょうえん》に重ねて歌った神々《こうごう》しい一首である。「影とめて」は、姿をそのままに留めての意で、為家がはじめて工夫した詞続き。

歌合では、為家の歌は三首とも*俊成卿女《しゅんぜいきょうのむすめ》の歌と結番《けつばん》され、この歌は十一番左「万代《よろづよ》も御裳濯《みもすそ》川のしき波もすめる雲井の秋の月かげ」と番《つが》えられ、

*俊成卿女―新古今集を代表する女性歌人。俊成の孫に当るが、養女となって俊成

判者定家に持《じ》と判定された歌。「しき波」は「頻《しき》波」で、後から後から押し寄せてくる波。二十二番右の一首は、「かかりける秋の今夜《こよひ》の月よりや浦を明石《あかし》の名にさだめけむ」で、「浦を明石の」という下句の*秀句《しゅうく》が印象的である。その故にであろう、勝と判定されたが、為家は、神宮関係の「神代の鏡」詠の方が荘重で祝言《しゅうげん》性が大きいと判断して、この歌を建長三年（一二五一）十二月奏覧の『続《しょく》後撰集』に自撰したのだと思われる。

四句目の本文について、歌合では「なほ曇りなき」であったが、勅撰集に採録するにあたり、為家は「今も曇らぬ」と手直しして、最終形としたのである。

「五十鈴川」は、伊勢皇大神宮内宮《ないくう》の境内を流れる*御手洗川《みたらしがわ》の名。「神代の鏡」は、三種の神器の一つ、八咫鏡《やたのかがみ》のこと。天照大神《あまてらすおおみかみ》が岩戸に隠れた時、天の金山《かなやま》の鉄《くろがね》をもって石凝姥命《いしこりどめのみこと》が造り奉《たてまつ》ったという鏡。天照大神の霊魂の依代《よりしろ》として、*天孫降臨《てんそんこうりん》後、宮中に安置され、第十一代垂仁《すいにん》天皇の時代に伊勢に移されたと伝えられる。伊勢に移されてからは、伊勢神宮のご神体として大切に祀《まつ》られてきた。平安後期以降は、皇位継承のしるしとして、模造の鏡が宮中賢所《かしこどころ》に安置されて今日に及んでいる。

の娘として知られた。

*秀句―縁語や掛け詞を主とする、言いまわしの巧みな優れた表現。

*御手洗川―神社のそばや神の住む山の麓などを流れ、参詣者が手を洗い口をすすぐなど、身を清めた川。

*天孫降臨―記紀神話で、瓊瓊杵命《ににぎのみこと》が、高皇産霊尊《たかみむすひ》・天照大神の命令で、葦原中国を統治するために、高天原から日向国（宮崎県）高《たか》千穂峰《ちほのみね》に天下ったこと。

44

池水《いけみづ》の絶えず澄《す》むべき御代《みよ》なれば松の千歳《ちとせ》も永遠《とは》にあひ見む

【出典】中院詠草・一六六、為家卿集・四二七、続拾遺集・賀・七二八

ここ鳥羽殿《とばどの》の池水のように、濁りなく絶えず澄み続け治《おさ》まってゆくにちがいない我が君の御代でありますから、池辺に立つ松が千歳を保つ、その千年の先まで、永遠にこの鳥羽の地で逢い見ることができましょう。

【語釈】○永遠に―地名の鳥羽を懸ける。

「池辺の松」の一首題。宝治二年（一二四八）八月三十日、白河院創建の鳥羽離宮が、後鳥羽院の御代以来荒廃するままになっていたのを、後嵯峨院が修造し、完成後はじめて大がかりな御幸《ごこう》が実行に移され、盛大な晴れの和歌御会《ごかい》が催された。御子左家に限っていえば、為家も為氏も為教《ためのり》も供奉《ぐぶ》して歌を奉り、大納言典侍《すけ》為子《ためこ》も女房歌を召された。

後嵯峨院の時代は、ほぼ為家の時代に重なっているが、それは仁治三年

（一二四二）正月の後嵯峨天皇の即位から始まった。承久の乱からすでに二十年が経過し、人心も落ち着き、荒廃した建物の修造《しゅうぞう》や、失われた旧い慣習の回復が求められていた。白河院政期の白河朝三代が顧みられ、その時代への追慕や傾倒が、後嵯峨院とその時代全体の志向として顕著になりつつあった。「池辺の松」題も白河院時代の歌題を模して取りあげられたものだった。『増鏡』「内野の雪」に、この日の晴儀《せいぎ》の記事がある。「鳥羽殿も、近ごろはいたう荒れて、池も水草《みくさ》がちに埋もれたりつるを、いみじう修理し磨かせ給ひて、はじめて御幸なりし時、「池辺松」といふことを講ぜられしに」として、太政大臣実氏《さねうじ》・院御製《ぎょせい》・大納言典侍の*三人の歌が掲げられている。『続《しょく》後撰集』にこの順序で為家が選び入れたのを承《う》け、『増鏡《ますかがみ》』が潤色《じゅんしょく》したものであった。「澄める池水」がキーワードである。

そしてここに掲げた為家歌は、三人の歌に次ぐ四首目として挙げるに相応《ふさわ》しい歌だったと思われる。

修辞技巧についていえば、「住む」に「澄む」が懸けられ、また「永遠《とは》」に「鳥羽《とば》」を懸けている。後者は、『古今集』の「*津の国の難波《なには》思はず山城《やましろ》の鳥羽にあひ見むことをのみこそ」がその典拠として知られる。

*三人の歌―実氏の歌「祝ひおく始めと今日を松が枝の千歳の影に澄める池水」、後嵯峨院の歌「影うつす松にも千世の色見えて今日澄みそむる宿の池水」、大納言典侍の歌「色かへぬ常磐の松のかげ添へて千代に八千代に澄める池水」の順。いずれも『続後撰集』賀・一三三三～三五に並ぶ。

*津の国の難波思はず……―古今集・恋四・六九六・詠人しらず。津の国の難波ではないが、何はあってもまようことなく、山城の鳥羽のように永遠に逢い続けることをひたすら願う。

45

春日山松《かすがやままつ》ふく風の高ければ空《そら》に聞こゆる万代《よろづよ》の声

【出典】中院詠草・一六七、為家卿集・一四一、続千載集・賀・二一三

春日神社のうしろに広がる春日山では、松の梢を吹く風が高い空を吹きわたってゆくので、その風に乗って空中高くから響いて聞こえてくることだ、我が君の万代までの御代を言祝《ことほ》ぐ「万歳《ばんぜい》」の頌声《しょうせい》は。

「神祇に寄する祝」題の歌。嘉禄《かろく》元年（一二二五）三月二十九日、権大納言基《もと》家《いえ》家三十首の内。この年二十八歳の為家は、六十四歳の父定家とともに歌人として参加、定家は披講《ひこう》の場では歌会全体の指導者として読師《とくし》を勤めた。「神祇」は、天神地祇《てんじんちぎ》（天の神と地の神）で、神々の意。ここは藤原氏の氏神である奈良の春日神社を念頭におき、空の高い場所につながる「春日山」を歌い、賀頌《がしょう》の趣きを詠んで、「祝」の題意を表現している。「春日山」は、

＊読師―歌などを披講する場の全体を指導監督し、懐紙・短冊などを整理して講師に渡す役。

大和国の歌枕《うたまくら》。藤原氏が氏神《うじがみ》として崇敬してきた春日神社の後ろの山で、三笠山・若草山を包む一帯の名称である。

主催者基家*は摂関《せっかん》九条家の人であったから、春日明神を氏神とする藤原氏の世が永続するようにとの祝意を表出するのは当然で、それが後に勅撰集歌となったことに鑑《かんが》みれば、「我が君の」と訳を付けて、後嵯峨院の御代長《みよちょう》久《きゅう》を祈念する歌と解するのが妥当であろう。「万代の声」は、万代までも永遠に続く我が君の御代を予祝《よしゅく》する声で、祝賀行事の時に参加者が一斉《いっせい》に唱える「万歳《ばんぜい》」の声。めでたい常磐《ときわ》の松を取り合わせ歌ったのは、定家の若い頃の歌「春日山峰の松原吹く風の雲ゐに高き万代の声」（拾遺愚草、建久二年）に学んだのであろう。地上で地鳴りのように沸《わ》き上がる頌声《しょうせい》が、空高くから天を響《とよ》もして聞こえてくるように錯覚されるのである。

為家が五十歳の時の「宝治百首」で詠んだ「日に寄する祝」題の歌「世を*照らす四方《よも》の光も君がためわが日の本と出ではじめけり」の方は、祝いの対象はストレートに我が君となっている。「日の本」の名をもつ我が国ゆえ、我が君はとりわけ日の恵みを受け始められたと詠んで題意を満たし、あわせて百首の主催者後嵯峨院の御代長久を讃《たた》え祝う歌としたのである。

＊基家―後京極摂政九条良経の子。弘長百首の作者。

＊世を照らす四方の光も……―中院詠草・一六五。為家卿集・四一五。この世界全体を照らし、四方にあまねく満ち満ちている太陽の光も、とりわけては我が君のため、太陽の出るところの国、すなわち我が日本国にと出て、恵みを垂れはじめられたのであったよ。

歌人略伝

藤原為家は、建久《けんきゅう》九年（一一九八）生れ、建治《けんじ》元年（一二七五）歿、七十八歳。父は定家《さだいえ》、母は内大臣実宗女。幼名、三名《みみょう》、法名、融覚《ゆうかく》。五歳で叙爵、八歳で元服、以後為家を名乗る。十歳より後鳥羽院に祗候《しこう》、また順徳天皇即位後は、近習《きんじゅう》として仕えた。仙洞・宮中では、特に蹴鞠の才によって寵遇《ちょうぐう》を受け、十二歳侍従、十三歳左少将、十九歳左中将と順調に昇進したが、過度に蹴鞠に熱中して学問や歌作の修練を怠り、定家や周辺を嘆かせた。承久《じょうきゅう》の乱後も主家西園寺家《さいおんじけ》の栄達を背景に、官途は順調で、二十八歳蔵人頭、翌年参議、三十四歳右兵衛督、翌年右衛門督、三十九歳権中納言、翌年中納言正二位、仁治《にんじ》二年（一二四一）四十四歳で権大納言にまで進み、父をしのいだ。五十三歳で民部卿を兼ねたが、康元《こうげん》元年（一二五六）五十九歳で出家した。和歌は十三歳の時からの作品が残る。特に承久の乱の前後を、「千首」をはじめとする多数の独詠百首の習作によって技量を磨き、徐々に歌人として認められた。

定家没後は、前期後嵯峨院歌壇の中心として、建長《けんちょう》三年（一二五一）に続後撰集を独撰奏覧した。正嘉《しょうか》三年（一二五九）、再度勅撰撰者を拝命したが、台頭してきた真観《しんかん》ら反御子左《みこひだり》派の離反、病気や老いなどの悩みも重なって、弘長《こうちょう》二年（一二六二）四人の撰者が追加され、不本意のうちに文永《ぶんえい》二年（一二六五）続古今集の撰集を終えた。晩年は嵯峨中院邸に阿仏《あぶつ》と同棲、その間に生まれた為相《ためすけ》を溺愛し、相伝の歌書や細川庄を譲与《じょうよ》して、没後に紛争の種を残した。家集に「中院詠草《ちゅういんえいそう》」ほか三種、歌論に「詠歌一体《えいかいったい》」がある。俊成・定家の跡を継いで、御子《みこ》左家《ひだりけ》の歌道を中世に架橋した功績は大きい。

略年譜

年号	西暦	年齢	為家の事跡	歴史事跡
建久　九	一一九八	1	誕生	土御門天皇受禅
建仁　二	一二〇二	5	叙爵　叙従五位下	
元久　二	一二〇五	8	元服	新古今和歌集竟宴
承元　三	一二〇九	12	任侍従	
四	一二一〇	13	任左近衛少将	順徳天皇受禅
建保　五	一二一七	20	任左近衛中将	
承久　三	一二二一	24	宇都宮頼綱女と婚姻	承久の乱　後堀河天皇践祚
貞応　元	一二二二	25	長男為氏誕生	
二	一二二三	26	詠千首和歌	
嘉禄　元	一二二五	28	任蔵人頭	
二	一二二六	29	任参議　兼侍従　叙従三位	
寛喜　三	一二三一	34	叙正三位　任右兵衛督	
貞永　元	一二三二	35	任右衛門督	四条天皇受禅
嘉禎　元	一二三五	38	叙従二位	新勅撰和歌集完成

	二	一二三六	39	任権中納言	
暦仁	元	一二三八	41	叙正二位 任中納言 兼侍従	
仁治	二	一二四一	44	任権大納言 服解（不復任）	父定家歿
	三	一二四二	45		後嵯峨天皇践祚
寛元	元	一二四三	46	聴本座 新撰六帖題和歌	
	四	一二四六	49		後深草天皇受禅
宝治	元	一二四七	50	仙洞十首歌合 宝治百首	
	二	一二四八	51	続後撰和歌集撰者を命ぜらる	
建長	二	一二五〇	53	任民部卿	
	三	一二五一	54	影供歌合 続後撰和歌集奏覧	
康元	元	一二五六	59	出家（号融覚）	
正元	元	一二五九	62	続古今和歌集撰者を命ぜらる	亀山天皇受禅
弘長	元	一二六一	64	弘長百首（七玉集）	
	二	一二六二	65	続古今和歌集撰者四人追加	
文永	二	一二六五	68	続古今和歌集撰定完了	
	三	一二六六	69	続古今和歌集竟宴 続古今和歌集目録	
	十一	一二七四	77	この頃詠歌一体を選述するか	後宇多天皇受禅 文永の役
建治	元	一二七五	78	五月一日薨去	

解説　「三代の勅撰撰者　藤原為家」――佐藤恒雄

はじめに

『嵯峨のかよひ』は、文永六年（一二六九）の秋から冬にかけて、嵯峨中院《ちゅういん》に住む前大納言為家入道のもとに通い、主として『源氏物語』の講義を受けとおした飛鳥井雅有の仮名日記である。講義が始まった九月十七日、講師として「女あるじ」阿仏《あぶつ》が呼ばれ、御簾の内で読むその読み様が、世間普通のとは違ってとても珍しく面白かったと語ったあと、その夜の酒宴の席で、阿仏が雅有を御簾《みす》のもとに呼び寄せ、主客を褒めそやす場面がある。夫為家の偉大さは、何よりも俊成（千載集）・定家（新古今集・新勅撰集）の跡を継ぎ、三代にわたる勅撰撰者（続後撰集・続古今集）となったこと、のみならず二つの勅撰集の撰に関わったことに求められている。客人雅有もまた、『新古今集』の撰者雅経《まさつね》の孫であり、『続古今集』の作者となった点に価値が認められ、両者に共通する最高にみやびで由緒正しい教養の源は、勅撰和歌集にこそあるのだ、との認識が示される。勅撰集に一首でも入集すれば一廉《ひとかど》の歌人、ましてやその器量が認められて勅撰集の撰者となることは、当代歌壇最高の栄誉であった。

藤原為家は、建久九年（一一九八）三月一日以降（四月十八日葵祭の前後か）の誕生。建治元年（一二七五）五月一日歿、七十八歳。幼名は、三名（みみょう）。八歳の歳末、元久二年（一二〇五）十二月十五日に元服、以後為家を名乗った。出家後の法名は、融覚（ゆうかく）。父は藤原定家。母は内大臣藤原実宗女。為家が、父定家の庇護《ひご》のもとにあった仁治二年までの四十四年間は、とりわけ官途において順風満帆で、父よりも随分早く同じ官職に就いている。父が到達できなかった中納言には、為家は暦仁元年（一二三八）四十一歳で任じ、権大納言にも仁治二年、四十四歳の時に任官している。蹴鞠や笠懸《かさがけ》などのスポーツに堪能であったことを後鳥羽院・順徳院に愛《め》でられ、心操穏便な能吏でもあった為家その人の才能性格と幸運もさることながら、承久の乱後はとりわけ関東申次《もうしつぎ》として権勢を持った主家西園寺家の、公経と実氏父子の格別の庇護と後援あっての結果であった。

定家後の歌壇―再編と対立―

父定家が亡くなった仁治二年（一二四一）八月二十日、為家は四十四歳、同じ年の二月一日に権大納言に昇任したばかりであった。父定家にもできなかった、俊成以来の宿願、御子左家の先祖の官「大納言」への任官を果たしえて、驚喜したのも束の間、半年後には父定家の喪に遭って服解《ふくげ》、十月三日の除目《じもく》でその服解中の空席が埋められ、遂に権大納言の官に復することはできなかった。一年半ほど経った寛元元年（一二四三）四月二十日、本座《ほんざ》が許され、宮中で権大納言に準じた待遇を受けることになったが、なお偉大な父を失った喪失感は大きかったであろう。

為家の歌人としての事跡も未熟で、まだ歌合《うたあわせ》の判者《はんじゃ》を勤めたこともなかった。そんな中、寛元元年十一月十七日の『河合社《ただすしゃ》歌合』は、三題、三十番の小規模な歌合であったが、定家の時代以来和歌活動を続けてきた長老格の信実《のぶざね》が、為家を判者として推戴《すいたい》し、為家を中心に定家後の歌壇の再編を図った催しであった。歌合と並行して、為家は『新撰六帖題和歌』を発案・企画して、家良を主催者に戴き、信実・真観（光俊）・蓮性（知家）に呼びかけて、翌年六月にかけて詠作、集成の後、相互に回覧《かいらん》し合点《がってん》を付けあった。互いに手を携えて新しい可能性を追求しようとした試みであったが、異風の歌が多いとして西園寺実氏などには不評であった。そのうち真観・蓮性らは徐々に為家から離反、やがて寛元四年（一二四六）十二月、御子左家の歌人のみを除外、二十六人の歌人を集めて蓮性が判者となった『春日若宮社歌合』を企画実行し、反為家・反御子左の動きを明確にしはじめる。

宝治元年（一二四七）九月から十二月に成立した『後嵯峨院仙洞《せんとう》十首歌合』は、百三十番の大歌合で、院命を受けて為家が判者を勤めた。蓮性は参加しているが、真観とその一族が参加していないのは、為家の判を受けることを潔《いさぎよ》しとしなかったからである。歌合の末尾には跋《ばっ》文《ぶん》も付して堂々の論陣を張っているが、この結果と態度に異を唱えて『蓮性陳状』は書かれたのであった。反論は多分に感情的であるが、万葉語に対する才学と考証的姿勢には、知家（蓮性）の六条家歌学の継承者としての意地も窺える。

その歌合にやや先行して、後嵯峨院は四十人の歌人たちに百首歌の詠進を命じた。いわゆる『宝治百首』で、宝治元年に題が与えられ、元年冬から二年に及んで四十人すべての歌が出そろった、勅撰集のための大規模な応制《おうせい》百首であった。この百首からは、『続後撰集』に五十七首（さらにその次の『続古今集』に五十三首）の歌が撰入された。

続後撰和歌集―撰集下命と奏覧―

二つの催しと前後して、宝治二年（一二四八）七月二十五日、前日から方違《かたたが》えのため宇治真木島の前太政大臣藤原実氏の山荘に御幸中《ごこうちゅう》の後嵯峨院は、供奉参会中の前大納言為家に対し、勅撰集の撰進を命じた。祖父俊成（千載集）、父定家（新古今集・新勅撰集）のあとを継いで、三代の勅撰撰者を命じられた栄誉に歓喜した為家は、八月に入って、和歌の神である玉津島明神に参詣し、今回勅撰集の成功を祈願した。

かくて撰集作業は開始され、三年を経過した最終段階において、なお秀歌の不足を補うべく、後嵯峨院は四十二人の歌人に十首歌を詠進させ、建長三年（一二五一）九月十三日、二百十番の『影供《えいく》歌合』に結番、御前において、実氏、家良、為家、蓮性、寂西（信実）による衆議判の歌合を催した。判詞《はんし》は後日為家が執筆したが、当日の衆議の判定では負けとされた自分の歌を、勝と改めて判詞を書いたことをめぐり、おそらくは蓮性の異議申し立てがあり、後にことの次第が追加記載されるなど、二人の対立は続き、為家の不満や蓮性批判は判詞の文面にも露わである。この歌合からは二十五首の歌を採入して、建長三年十二月二十五日、『続後撰和歌集』（総歌数一三七一首）は完成・奏覧された。

再度勅撰の儀―為家単独奉勅―

後嵯峨院の代に再び勅撰の儀が持ち上がったのは、それからわずか七年を隔てた正元元年（一二五九）のことだった。この年三月十六日実氏の北山西園寺第において庚申《こうしん》連歌会が行われたその次《つい》でに、御幸中の後嵯峨院が、為家一人に申しつけられたのである。三年前の康元元年（一二五六）二月に出家していた六十二歳の為家（融覚）は、実氏を介して再三辞退し、代わりに為氏を推挙したが、叶えられなかった。

為家はすぐに撰歌の準備にとりかかるとともに、祖父俊成の先例にならって五社（伊勢・石清水・加茂・春日・日吉）への奉納百首を思い立つ。実際に詠作を始めたのは一年以上も経過した文応元年（一二六〇）九月からであったが、五社分の詠作を終えた後さらに二社（住吉・北野）への百首を加えて、弘長元年（一二六一）正月十八日に『七社百首』として完成した。その七百首の歌には、為家と袂《たもと》を分かって異風を立て、文応元年末には後嵯峨院の皇子である将軍宗尊《むねたか》親王の歌道師範として招請されることになる真観を寓し、また真観に対する憤懣やるかたない感情を露わに詠み込んだ多くの歌が見える。同時にまた、老いと病からくる悲哀や憂愁・自信喪失などの感情があふれた述懐性の強い歌も多数含まれている。同じころ依頼された「宗尊親王三百首」への合点を終え宮内卿資平にあてた書状の中で為家は、「年老い候ふ後は心も失せたるやうにまかりなりて、手もわななき人の様にも候はねども」と老耄《ろうもう》をかこち、「此の度勅撰には力尽き候ひぬと覚え候ふ」と述べている。撰集ははかばかしく進捗《しんちょく》していなかったのである。

撰者四人の追加―複数撰者方式へ―

そのような為家側の負の事情と、宗尊親王の威《い》を背景とした真観の発言力がますます増大して、弘長二年（一二六二）九月の撰者追加という事態に立ち至る。藤原基家、藤原家良、藤原行家、藤原光俊（真観）の四人が追加され、最初からの藤原為家（融覚）を加え、五人の撰者に改めて撰集の院宣《いんぜん》が下された。複数撰者方式への撰集方針の大転換であり、そのことは『古今集』『新古今集』の先例に倣《なら》ったもので、さらに後鳥羽院親撰《しんせん》の『新古今集』のあとを追って、後嵯峨院による親撰の集にするという意図も含まれていた。この時点で、かなり形をなしていたはずの為家単独の撰集も一旦ご破算となり、『新古今集』の場合と同じく各撰者による撰者進覧本の提出が求められた。相前後して、後嵯峨院は第二度百首として、真観を除く在京の主要歌人七人（実氏・基家・家良・為家・為氏・行家・信実）に百首歌の詠進を命じ、『弘長百首』（七玉集）が成立する。撰者進覧本の締切は文永二年（一二六五）三月中で、進覧本のための準備期間は二年半が用意されていた。撰集は政治制度としての御前評《ごぜんひょう》定《じょう》に準じ、院司《いんし》顕朝が奉行となり、二条良実、一条実経、西園寺公相、山階実雄の歌仙四人と撰者四人（家良は文永元年九月歿）が御前に候し、行家が事前に作成した「部類本」の歌を何首か読み上げてから評定に入ったという。

続古今和歌集の成立―撰定と竟宴―

文永二年後半の歌壇は、勅撰集の完成に向けて活況を呈し、七月七日『白川殿当座続七百首』、七月二十四日『内裏当座歌合』（真観判）、八月十五日『仙洞五首歌合』（衆議判、後日為家判詞書付）、九月十三日『亀山殿五首歌合』（衆議判、後日真観・為家判詞書付）等の催しがあって、それらの新作も採り入れながら、御前の評定は続けられた。そして「乙丑」年内の十二月二十六日に竟宴《きょうえん》を行って、撰集の完成（選定）を宣下《せんげ》し披露する予定で準備が進められたが、彗星出現という変事が出来したため、この日を形式的な選定完了の日とし、竟宴は翌三年三月十二日に催されることになった。その三月十二日を境として、物故者の目録を為家が四月八日直後に選定、現存歌人の目録は真観が五月十五日に選定して、『続古今和歌集』（総歌数一九一五首）の撰集は終わった。

おわりに

為家は、一度は推挙して実現しなかった為氏の勅撰撰者を、折あるごとに推挙し続け、ようやく最晩年文永十一年（一二七四）後半の病床において、亀山院の内意を取り付け、喜びにくれた。為家は、文応元年（一二六〇）秋から、冷泉高倉の本邸を為氏に明け渡して嵯峨中院邸に移住し、阿仏との同棲生活を始めた。文永五年以後、阿仏《あぶつ》と為相《ためすけ》あての譲状《ゆずりじょう》四通と為氏あての長文の書状一通を書き残し、没後のことを措置したのであるが、文永九年八月二十四日為相に和歌文書のすべてを譲与したことに反抗した為氏の不孝の振る舞いに悩まされ続け、没後に紛争の種を残してしまった。

為家の和歌は、承元四年（一二一〇）十三歳の時からの作品が残り、生涯の詠歌は六〇〇〇首に余る多作であった。為家的な方法の要諦は、『詠歌一体』中の、「詞なだらかに言ひ下し、清げなるは姿のよきなり。…上手といふは同じことを聞きよく続けなすなり」（歌の姿の事）、「歌は珍しく案じ出して、我がものと持つべしと申すなり。さのみ新しきことあるまじければ、同じ旧事《ふること》なれども、詞続き、しなし様などを、珍しく聞きなさるる体《てい》を計らふべし」（跋文）という文言に尽くされている。すなわち、為家は伝統と父祖が残してくれた教えを、既に存在する価値として大切に守りながら、とりわけ詞の連続やことがらの扱いの上に僅かな新しさを求めて腐心した。先人たちが使ってきた表現を組み合わせたり、連続を変えたりして、僅かな新しさを求め、それをなだらかに優美に歌うのが為家の方法であった。

読書案内

『中世の文学伝統』（岩波文庫）　風巻景次郎　岩波書店　一九八五
「平安時代から中世を通じての文学伝統の主軸は和歌であった。さてその和歌の軸になるものは、歴代の勅撰の和歌集である」との立場を堅持する著者が、新古今時代以後の和歌史の展開の中で、為家や玉葉・風雅ほかを平易に解説し位置づける。

『和歌史』　島津忠夫ほか　和泉書院　一九八五
サブタイトルに「万葉から現代短歌まで」とあるように、和歌の通史であるが、為家の関係としては、「新古今の時代（中世前期）」の内、「後嵯峨院の時代（前期）」「後嵯峨院の時代（後期）」がある。

『中世の文芸―「道」という理念』（講談社学術文庫）　小西甚一　講談社　一九九七
「道」という理念を軸に、中世文学の特質を縦横に論述する。為家の関係は「擬古典主義の世界」の一部として位置づけ記述される。

○

『歌論集一』（中世の文学）　久松潜一編校　三弥井書店　一九七一
為家歌論の主著『詠歌一体』の校注と解題（福田秀一・佐藤恒雄）を所収する。

『藤原為家全歌集』　佐藤恒雄　風間書房　二〇〇二
為家が生涯に詠んだ歌六千余首を校訂して、詠作年次順に配列し、出典その他を注記した、編年の全歌集。

『藤原為家研究』　佐藤恒雄　笠間書院　二〇〇八
藤原為家関係の論考を集大成して、全体を九章四十七節に編成配置し、詳細な附録「藤原為家年譜」を添えた、専門の研究書。

○

『中世和歌集　鎌倉編』（新日本古典文学大系46）　岩波書店　一九九一
文永元年中成立の為家の自撰家集『中院詠草』（佐藤恒雄校注）を所収する。本詠草は、我が半生の詠歌中から秀逸一六七首を厳選し編纂した珠玉の小篇家集で、その注釈と解説。

『秋思歌　秋夢集　新注』　岩佐美代子　青簡舎　二〇〇八
最愛の娘後嵯峨院大納言典侍為子に先立たれた為家痛恨の哀傷歌集「秋思歌」（二一八首）と、為子の家集「秋夢集」（四十五首）の注釈と解説。

『藤原為家勅撰集詠　詠歌一躰新注』　岩佐美代子　青簡舎　二〇一〇
為家の勅撰和歌集への入集歌三三二首の注釈と、歌論書『詠歌一体』の注解を併せて、有機的に関連づけた解説を付す。学界の最先端をゆく深い読解が示される。

【付録エッセイ】

為家歌風考（抄）

『藤原為家勅撰集詠　詠歌一躰新注』（青簡舎　二〇一〇年二月）

岩佐美代子

岩佐美代子《いわさみよこ》（国文学者）［一九二六―］「京極派歌人の研究」「玉葉和歌集全注釈」。

1　證歌活用の妙

為家詠の特色の第一は、その證歌活用の妙にある。これについては再々述べ、また注釈中に多くの参考歌を指摘して来たが、現代の我々はこれらを新編国歌大観の索引で一々検索してようやくさがし当てるのに対し、為家はすべてを記憶しており、しかもこれを当座探題のような即詠の場でも、直ちに題や場の要請に応じ適切なものを複数思い浮べ、これらにより風情をめぐらして、新たな歌を創造できるのである。「詞は古きをしたひ、心は新しきを求め」（近代秀歌）の徹底した実践である。

「古歌の詞を求め、組合わせて適当に風情を作れ」とは、まさに創造性のかけらもない擬古典主義の典型とも思われよう。しかし、

天の川遠き渡りになりにけり交野のみ野の五月雨のころ　（9、続後撰二〇七）

「五月雨」題が出た時に、なぜ「桜狩」の「交野のみ野」を思いつくのか。及ばずながら、本詠成立に至る為家の作歌過程を想像すれば、先行五月雨詠の中から先ず、

天の川八十瀬も知らぬ五月雨に思ふも深き雲のみをかな　（千五百番歌合八六三、定家）

が浮び、ついで

天の川遠き渡りにあらねども君が舟出は年にこそ待て　（拾遺一四四、人麿）

天の川といふ所に至りぬ。……「交野を狩りて天の川のほとりに至るを題にて歌よみて盃はさせ」とのたまうければ……

狩り暮らしたなばたつめに宿からむ天の川原に我は来にけり　（伊勢物語一四七、業平）

というような順序で風情が形作られて行って、はるか桜狩の思い出をよそに交野一面を領する五月雨、それを受けて滔々と流れる天の川が現前する。そこに拾遺詠七夕のほのかな艶と、これを反転した軽いユーモアをしのばせて、一首が成るのである。

逢ふまでの恋ぞ祈りになりにける年月長き物思へとて　（18、続後撰七八五）

「不遇恋」の題に対し、思い浮べられる歌は多々あろうが、

逢ふまでとせめて命の惜しければ恋こそ人の祈りなりけれ　（後拾遺六四二、頼宗）

を連想したという事自体ユニークである。しかもこれを「恋ぞ祈りになりにける」と言いかえ（この表現、新編国歌大観中に類例なし）、これに周知の

玉の緒の絶えてみじかき命もて年月長き恋もするかな　（後撰六四六、貫之）

を取合わせて、心の底深く沈めた恋を品高く表現している。

その他、注釈の参考歌を見れば、一首ごとに為家の脳裏を行き交う證歌の多様さ、これを自家薬籠中の物として自在に活用する手腕の程は首肯されるであろう。しかもなお私の心付かぬ證歌は、更に多々あるはずである。卑屈な形での本歌取を排して、

題も同じ題、心も同じ心、句の据ゑ所も変らで、いささか詞を添へたるは、少しも珍しからねば、古物にてこそあれ、何の見所かあるべき。（詠歌一躰、古歌を取る事）

と言い放つ彼は、古歌を本歌としてでなく、證歌として生かす手腕を、随処に遺憾なく発揮している。表に平淡温雅と見えながら、その懐の深さは計り知れぬものがある。

2 その新しさ

一方で為家は、新しい歌材・趣向・表現も積極的に用いている。その例は玉葉風雅に多く見られ、

閼伽棚の花の枯葉もうちしめり朝霧深し峰の古寺（257、風雅一七七七）

などはその面での代表的秀歌であるし、

山深き谷吹きのぼる春風に浮きてあまぎる花の白雪（137、玉葉二二一）

降る雪の雨になり行く下消えに音こそまされ軒の玉水（152、玉葉九八六）

等、京極派の先駆とも見られる清新な叙景を開拓してもいる。

しかしそれだけでなく、一見うたい古された歌材・表現による伝統詠と見えながら

早瀬川波のかけこす岩岸にこぼれて咲ける山吹の花（23、続古今一六六）

の「波のかけこす」「岩岸に」「こぼれて咲ける」は、勅撰集中ただ一句の特異句であるばかりでなく、新編国歌大観全編を通して本詠が初出であり、阿仏十六夜日記の

かもめ居る洲崎の岩もよそならず波のかけこす袖にみなれて（三九）

をはじめ、後出詠はすべて本詠を強く意識している。いくらでもありそうな「こぼれて咲け

る」に至っては、遠く承応二年（一六五三）没の松永貞徳の逍遊集に、

一木さへあかぬ匂の麓までこぼれて咲ける花桜かな　（三八八）

を見るのみである。

このような、たとえば「てには」ただ一つの違いにもせよ（和歌ではそれが表現上大きな差異をもたらす事が多い）、従来と異なる一句を創出し、それがあまりにしっくりと伝統的表現と調和していたため、また無制限に後進に襲用されたために、古来の歌語同様にみなされて為家の創造性を認められなかった表現は非常に多い。注釈中にしばしば指摘しておいたので注目されたい。

万葉を明らかに本歌に取った例はさきに示したが、それと露わに見せずして「美しくありぬべき事のなびやかにも下ら」ぬ難点を「優しくしなし」、新古今風の妖艶の体に詠みなした例としては、

初瀬女のつくる木綿花三吉野の滝のみなわに咲ききたらずや　（万葉九一二、金村）

にあきたらずして詠みかえた、

初瀬女の峰の桜の花かづら空さへかけて匂ふ春風　（21、続古今一〇三）

がある。詳しくは注釈を参照されたいが、こうした形も千首以来為家がしばしば試みた新しさであり、「空さへかけて」はその独創句である。

このような些細な詞の末の相違は、偶然にいくらでも起り得る事であり、新しいとするに足りないとの意見もあろう。しかし国歌大観勅撰集篇の索引を開いて、そこに並ぶ各句の極端な同一性を見るなら、そこから一歩でも脱する事、しかも詠歌一躰に言う「うき風」「は

つ雲」の奇矯に陥らず、温和の中に新味を盛る事のいかに難事であったかが理解されよう。それが余りに巧みに、抵抗を感じさせず行われたがために、後年追随者を多く招き、為家の独創性が見失われてしまった事は彼にとって不幸であったが、それはそれとして、この面での為家の「新しさ」は改めて認めるべきである。

なお新撰六帖詠の新しさについては、次項に述べる。

3 その誹諧性

為家の資質中、俊成・定家に対し特に目立つ異質さとして、その誹諧性がある。為家にはきわめて良質のユーモア精神が、生得のものとして備わっていた。

「稽古」を第一義とし、道統守成の人と思われている為家に、誹諧とは、との疑問もあろうが、万葉古今の昔から、戯笑歌・誹諧歌は存在する。そもそも、言いたい事を何に限らず五七五七七の中におさめる、という事自体、ウィットを必要とする。枕詞・序詞・縁語・懸詞・歌枕・本歌本説取、すべては複雑な意味内容を三十一字に封じこめ、しかも万人の理解に供するための技巧であり、一種の言葉遊び、洒落である。それは有心幽玄の新古今からの堕落ではない。後世「わび茶」の心として信仰的にたたえられる定家の名歌すら、花紅葉を賞でる常識を覆えして「見渡せば花も紅葉もなかりけり」と人の意表を衝き、「浦の苫屋の秋の夕暮」で「なるほど」と納得させるという趣向に、ある種の誹諧性を含んでいるのである。誹諧といっても、不真面目な滑稽や語呂合せとは同一視しないでいただきたい。

みちのくの籬の島は白妙の波もてゆへる名にこそありけれ　(17、続後撰一〇二四)

実に楽しい想像力で、四囲に白波寄せる緑美しい小島の俯瞰図が浮き出て来るではないか。

三日月のわれて相見し面影の有明までになりにけるかな　（164、玉葉一四八〇）

世にもらば誰が身もあらじ忘れねよ恋ふなよ夢ぞ今を限りに　（166、玉葉一五一九）

ともに新撰六帖詠。前者は「日比隔てたる」、後者は「口固む」という題から趣向をめぐらして、前者は月齢で題意を表現しつつ、「三日月のわれて相見し」で遇い難い悲恋の趣をうたい、後者は切迫した口調そのもので危うい逢瀬の場を描き出している。いずれも、「誹諧体多し」「俗に近く」と実氏に難ぜられた（井蛙抄）新撰六帖詠であるが、しかし力強い新しさに満ちた独特の作品であろう。

冨士を詠んでも他歌人と異なり、

都出でし日数思へば冨士のねもふもとよりこそ立ちのぼりけれ　（266、新千載八一九）

と古今序を思いよそえ、

冨士のねは冬こそ高くなりぬらめわかぬみ雪に時を重ねて　（313、新後拾遺八一四）

と、「時」をも実体あり厚みある物質のように取扱って、高山をますます高くしてしまう。くだらぬ諧謔という見方もあろうが、それが末期とは言え勅撰に入る風格を見せている所、やはり為家であり、その警句に長じた面影もしのばれる。彼はまた連歌の名手でもあったのである。

以上、伝統守成、修行道、平淡温雅とされる為家の別の一面にも、注意する必要があろう。（中略）

七十八年の生涯を通じ、孜々として本来の意味の「稽古」に励み、新たな形をも試みつつ詠み残した六千首、その中から選びぬかれた三三二首を見て来て、さてその代表歌は、と問うた時、いかに考えてもそれの無い事に改めて驚く。一首々々を子細に見れば、その證歌活用の広さ、巧みさ、古き詞に盛る新たな味わい、声調の美しさ、気品高い歌柄、その中に漂うほのかな機知など、一々に感に堪える所であるが、一つ抜け出して「これ」と示せるものがない。これが俊成定家をはじめ、諸歌人との大きな違いである。(中略)

結局、為家は代表歌を持たぬ大歌人であった。時代そのものが、和歌を、一首立てで深い感銘を与え、一歌人の全貌をそこに語りつくし得るようなものから、社会人必須の公事の一環として、個人的な感情とは別に、設題に相応して作り出すものへと変化して行く、その流れの窮極点に達していた。そこでは歌人の価値特色は或る一首をもって代表させる事は不可能であり、総合的に見ての作風、という事で評価するより外ない。為家に限らず、光俊・知家ら、あるいはパトロンとしての後嵯峨院・実氏等、誰一人として世に残り記憶される一首というものはない。(中略)

代表歌を持たぬからといって、為家の偉大さは毫も揺らぐものではない。月並で無個性と思うのは、後代歌人らが為家の独創を模倣して使い古したため、また鑑賞批判者が為家の十分の一も古歌を知らず、その稽古照今の手腕と妙味とを理解できぬため、更には為家ほどの長く深い人生体験を経ずして、平淡と見える表現の内に含む含意の程を身にしみて体得できぬため、といった障碍による所が大きい。幸いに『全歌集』によって大歌人の全貌に接する事ができるようになった今後、従来の定説にとらわれず、全作品を読み通す中から、詠作・歌論両方面からする、新たな為家評価を望むこと切である。

佐藤恒雄（さとう・つねお）
＊1941年愛媛県生。
＊東京教育大学大学院単位修得退学。
博士（文学）。
＊現在　広島女学院大学教授。香川大学名誉教授。
＊主要著書
『新古今和歌集』（ほるぷ出版）
『藤原定家研究』（風間書房）
『藤原為家全歌集』（風間書房）
『藤原為家研究』（笠間書院）ほか。

藤原為家《ふじわらためいえ》　コレクション日本歌人選　052

2012年6月30日　初版第1刷発行

著者　佐藤恒雄
監修　和歌文学会

装幀　芦澤泰偉
発行者　池田つや子
発行所　有限会社　笠間書院
東京都千代田区猿楽町2-2-3［〒101-0064］
電話　03-3295-1331　FAX　03-3294-0996
NDC 分類 911.08

ISBN978-4-305-70652-2
© SATOH 2012
印刷／製本：シナノ
乱丁・落丁本はお取り替えいたします。　（本文用紙：中性紙使用）
出版目録は上記住所または info@kasamashoin.co.jp まで。

コレクション日本歌人選　第Ⅰ期〜第Ⅲ期

第Ⅰ期　20冊　2011年（平23）2月配本開始

1	柿本人麻呂＊	かきのもとのひとまろ	高松寿夫
2	山上憶良＊	やまのうえのおくら	辰巳正明
3	小野小町＊	おののこまち	大塚英子
4	在原業平＊	ありわらのなりひら	中野方子
5	紀貫之＊	きのつらゆき	田中登
6	和泉式部＊	いずみしきぶ	高木和子
7	清少納言＊	せいしょうなごん	坏美奈子
8	源氏物語の和歌＊	げんじものがたりのわか	高野晴代
9	相模＊	さがみ	武田早苗
10	式子内親王＊	しょくしないしんのう（しきしないしんのう）	平井啓子
11	藤原定家＊	ふじわらていか（さだいえ）	村尾誠一
12	伏見院＊	ふしみいん	阿尾あすか
13	兼好法師＊	けんこうほうし	丸山陽子
14	戦国武将の歌＊		綿抜豊昭
15	良寛＊	りょうかん	佐々木隆
16	香川景樹＊	かがわかげき	岡本聡
17	北原白秋＊	きたはらはくしゅう	國生雅子
18	斎藤茂吉＊	さいとうもきち	小倉真理子
19	塚本邦雄＊	つかもとくにお	島内景二
20	辞世の歌＊		松村雄二

第Ⅱ期　20冊　2011年（平23）10月配本開始

21	額田王と初期万葉歌人＊	ぬかたのおおきみ　しょきまんようかじん	梶川信行
22	東歌・防人歌＊	あずまうた　さきもりうた	近藤信義
23	伊勢＊	いせ	中島輝賢
24	忠岑と躬恒＊	みぶのただみね　おおしこうちのみつね	青木太朗
25	今様＊	いまよう	植木朝子
26	飛鳥井雅経と藤原秀能＊	まさつね　ひでよし	稲葉美樹
27	藤原良経＊	ふじわらのよしつね（りょうけい）	小山順子
28	後鳥羽院＊	ごとばいん	吉野朋美
29	二条為氏と為世＊	にじょうためうじ　ためよ	日比野浩信
30	永福門院＊	えいふくもんいん（ようふくもんいん）	小林守
31	頓阿＊	とんな（とんあ）	小林大輔
32	松永貞徳と烏丸光広＊	ていとく　みつひろ	高梨素子
33	細川幽斎＊	ほそかわゆうさい	加藤弓枝
34	芭蕉＊	ばしょう	伊藤善隆
35	石川啄木＊	いしかわたくぼく	河野有時
36	正岡子規＊	まさおかしき	矢羽勝幸
37	漱石の俳句・漢詩＊		神山睦美
38	若山牧水＊	わかやまぼくすい	見尾久美恵
39	与謝野晶子＊	よさのあきこ	入江春行
40	寺山修司＊	てらやましゅうじ	葉名尻竜一

第Ⅲ期　20冊　2012年（平24）6月配本開始

41	大伴旅人	おおとものたびと	中嶋真也
42	大伴家持	おおとものやかもち	池田三枝子
43	菅原道真	すがわらのみちざね	佐藤信一
44	紫式部＊	むらさきしきぶ	植田恭代
45	能因	のういん	高重久美
46	源俊頼★	みなもとのとしより（しゅんらい）	高野瀬恵子
47	源平の武将歌人＊		上宇都ゆりほ
48	西行	さいぎょう	橋本美香
49	鴨長明と寂蓮	ちょうめい　じゃくれん	小林一彦
50	俊成卿女と宮内卿	しゅんぜいきょうじょ　くないきょう	近藤香
51	源実朝＊	みなもとのさねとも	三木麻子
52	藤原為家＊	ふじわらためいえ	佐藤恒雄
53	京極為兼	きょうごくためかね	石澤一志
54	正徹と心敬★	しょうてつ　しんけい	伊藤伸江
55	三条西実隆	さんじょうにし　さねたか	豊田恵子
56	おもろさうし＊		島村幸一
57	木下長嘯子	きのした　ちょうしょうし	大内瑞恵
58	本居宣長★	もとおりのりなが	山下久夫
59	僧侶の歌	そうりょのうた	小池一行
60	アイヌ神謡集ユーカラ		篠原昌彦

＊印は既刊。　★印は次回配本。

『コレクション日本歌人選』編集委員（和歌文学会）

松村雄二（代表）・田中　登・稲田利徳・小池一行・長崎　健